Joachim Engel

Das Leiden des fränkischen Sebber

Alle Geschichten sind frei erfunden.

Ähnlichkeiten mit lebenden Personen und Ereignissen sind wie immer beabsichtigt.

Joachim Engel, geboren 1961 in Haßfurt, aufgewachsen in Unterschleichach, lebt in Schweinfurt.

Veröffentlicht bisher:
- Es hät fei schlimmer zum könn (fränkischer Alltag in Kurzgeschichten)
- Rossmarkt (Episodenroman)

©2016 Joachim Engel
„Herstellung und Verlag: BoD-Books on Demand, Norderstedt"

Texte:	Joachim Engel
Umschlagbild/Zeichnungen im Text:	Roland Kilian (Kili), Rannungen
Textbearbeitung:	Florian Engel

ISBN: 9783743127883

Joachim Engel

Das Leiden des fränkischen Sebber

Das Leben ist nichts für Feiglinge - auch nicht in Franken

Inhaltsverzeichnis:

1. Kurzes Glück
2. Vom ewichen Kreislauf
3. Abstoßend, hilfreich, verräterisch
4. Andere Zeiten
5. Ansteckungsgefahr
6. Beim Urologen
7. Ein Kompliment
8. Begegnungen
9. Gänsebratenspitze
10. Großer Hund - kleiner Hund
11. Hellhörig
12. In Gefahr
13. Jedem das Seine
14. Kehraus
15. Sebber an seinen Grenzen
16. Körnerlehrgang
17. Kündigung leicht gemacht

18. Sebber auf Reisen
19. Sebber Bankrott
20. Privatpatient
21. Sebber beim Chef
22. Net so wie's aussieht
23. Recht oder Unrecht
24. Nix mehr hör und nix mehr seh
25. Vo Schwertfisch und annera Leut
26. Södda Draacksäu
27. Zweitgrößter Depp
28. Vom Sinn des Lebens
29. Sebber gecher Windmühlen
30. Verschunkelt
31. Sebber wo er hieghört
32. Treffpunkt
33. Das Leiden wird schlimmer
34. Sebber ganz allee

Ein Wort unter uns:

Was mit „Es hät fei schlimmer kum könn" begann, findet nun seine Fortsetzung. Allerdings werden hier ausschließlich Geschichten aus dem Leben unseres Sebbers erzählt.

Auch wenn das Leben des Sebbers nicht zum laut Lachen anregt, ist ein nachdenkliches Schmunzeln am Ende jeder Geschichte doch erlaubt und angestrebt. Humor ist oft das Einzige was bleibt. Schließlich ist auch oder ganz besonders in Franken das Leben nix für Feiglinge.

So begleiten wir nun unseren Sebber ein Stück seines Weges.

1. Kurzes Glück

„Ich lieb dich fei arch, Sebber."

„Und ich dich erscht, ich kanns gar net beschreib."

„Ja des is scho a groß Glück, dass mir zwää uns gfunna ham."

„Des kannsta laut sooch. Ich tät ja fast sooch, dass ich mit dir alt wer möchte, wemmer net scho so alt wern, mir zwää."

„Ja, des is scho arch schö mit uns. Obber ehns mecht mir bisle Sorgen."

„Soo? Was denn mei Zuckerschnäuzle?"

„Naja, es läuft so harmonisch mit uns. Obber was is, wemmer uns mal streit täten?"

„Wieso söllert des passier, mei Sahnetörtle?"

„Des wäs ich doch net. Obber was is wemmer uns wirklich mal streiten? Wer gibt dann z.B. nach?"

„Mir brauchng überhaupt net zu streiten. Wächer wos denn? Ich jedenfalls net."

„Ja ich ah net. Obber wenn's doch mal passiert. Vielleicht kriech mer uns ja dann gleich so arch in die Haar, dass unner junges Pflänzle dran eigeht, wo s doch noch net soo stark is."

„Ach was du redst! Jungs Pflänzla! Mir kenna uns doch scho a ganza Weil. Du wässt doch, dass ich so a guter Kerl bin und dir gar kenn Anlass zum Streit gäb, niemals net."

„Wieso du? Des klingt ja fast so, als wär ich a Kratzbürschten und du müssest alles mach was ich sooch."

„Nee, des bist net, eichentlich, obber ich bin scho a gutmüticher Kerl und mer muss in ahner guten Beziehung amal wiss, wemmer den Mund zu halten hat."

„Was hässt da: eichentlich net? Und wieso musst du den Mund halt? Pass fei auf was du segst. Du stellst mich ja hie, als wär ich ah richtiger Hausdrachen."

„Näh, so meen ich des doch net. Ich kumm scho zurecht mit deiner Art. Des passt scho. Kenner is perfekt und du gibst dir ja Mühe, zumindest solang mer nuch net verheiert sin."

„Ich gläb du spinnst. Als ob ich der leibhaftige Teifel wär. Hau doch ab, wenn's dir net passt. Kannst gleich dei siehm Sachen pack und zur Tür naus. Des muss ich mir fei net länger anhör. Du blöder Aff!"

„Jetzt rech dich wieder ab. Des war doch gor net so gemeent. Ich wollt mich doch wirklich net streit. Du hast damit angfanga und bist garstich worn. Bist ja ganz rot im Gsicht. Und dann die Händ in der Hüften. Du söllerst dich mal im Spiegel betracht."

„Raaauuus!"

2. Vom ewichen Kreislauf

Endlich vorn. Die Schlanga Leut hinter sich gelassen. Der Sebber will scho nach dem Bügel greif, als noch Ehner aus dem Pulk hinter ihm nach vorn drängt, schnell mit ewig lange Ski nähm hie rutscht.

Ke Problem. Bei so viel Andrang wärs eh unverschämt allee im Lift zu fahren. Blos die langa Ski ham ihm Angst gemacht. Der Sebber hat sich gar net getraut nach links zu schauen. Ausm Augenwinkel hat er blos an Ellbogen gsänn. Seltsam war blos, dass der Ellbogen auf seiner Augenhöh war. Der Kerl is bestimmt 3 Meter groß. Na bravo, des werd was gähm.

Den Bügel hat der Sebber gar net in Empfang genumma. So weit hinter hät sei Arm eh net gelangt. Des hat der Auslechkran vo seim Nachbarn scho gemacht. Erstaunlicherweis is der Bügel ihm net im Kreuz geland. Ne am Hintern hat er na gspürt, da wo er hie ghört.

Mit ahm Ruck is losganga. Erscht ganz normal. Aber schnell war klar, dass dem Sebber net viel Platz bleibt an dem Bügel. Die Skier vo seim Nachbarn warn fachmännisch mindestens ehn Meter auseinander gstanden. So is dem Sebber nix annersch übrig gebliehm, als auf seiner Hälften ganz weit nach außen zu rutschen. Mit der linken Gesäßhälfte am Bügel is er so dem Hang nauf gezogen worn.

Was heißt gezogen? Der Bügel hat ihn weniger nach vorn als nach oben anghoben. Des Seil war fast senkrecht nach oben. Sei linkes Bee wollt gar nimmer am Boden bleib. Sei ganzer Oberkörper war schräg verdreht. Die linke Schulter wollt scheints unbedingt als erschter am Ziel ankomm. Die Zentrale, also die Hüften hät des vielleicht kurzzeitig ausghalten. Aber der Arnsberglift I in der Rhön war scho schmerzhaft lang.

Was warn des vor Höllenqualen den Berg nauf. Also fürn Sebber. Der Anner hat scheints nix gemerkt davo. Endlich oben hat der so als wär nix passiert den Bügel genumma und weg gschmissen.

Der Sebber hat zu dem Zeitpunkt aber bereits a ernstes Problem ghabt. Der Bügel hat in seiner Gesäßhälfte scheints doch net den nötigen Halt ghabt und war nach oben gerutscht, unterm Anorak drunter und war dort im Träger der Skihosen eingerastet.

In dem Moment wo der Ries den Bügel fortgschmissen hat, hat er ah den Sebber mit fortschmissen. Der Sebber war waachrecht in der Luft gelächen und wär fast strecks der längs im Schnee geland, wenn sich in dem Moment net des Bügelseil aufgerollt und den Sebber nach oben gerissen hät.

So is der Sebber in luftiger Höhe im Kreis gfahren und in Richtung Tal wieder davo gebraust. Der Wachposten im oberen Lifthäusle war grad in seim Roman vertieft und hat den wild strampelnden und schreienden Sebber net wahrgenumma. So is es mit Hurra dem Berch nunter ganga.

An der Talstation ham sie alle große Augen gemacht. Dort hat aber doch jemand Erbarmen ghabt, den roten Knopf gedrückt und den Lift anghalten.

Vo kräftiga Arm is der jämmerlich bewegungslos am Bügel hängend Sebber dann aus der luftigen Höh befreit worn. Ewig lang waren die Arm, richticha Auslegkrähn. Auf lange Ski waren sie gstanden, mindestens ehn Meter breit auseinander.

Aus mindestens drei Meter Höh hat a Stimm gfrecht: „Woll mers nochma probier? Fahrn mer numal zam?"

3. Abstoßend, hilfreich und verräterisch

„Iiihhh, lass die Tür auf, du stinkst ja wie a Bock! Wieviel Knoblauch war den des? Is ja fürchterlich! Da kummst zwä Stund später zum Nachtdienst und haust dir vorher nochmal so was nei! Du spinnst wohl! Wo warst denn?"

Kaum hat der Harry die Tür vom Streifenwagen zugemacht, is der Sebber ausgerasst. Aber so a Streifenpolizist is scho a harter Hund, den haut so schnell nix um. Also Beifahrerfenster auf und los geht's.

„Des geht dich gar nix ah, wu ich war. Bisle Knoblauch gässen halt. Sei net so empfindlich."

So fahren sie in die Nacht nei und der erscht Einsatz lässt net lang auf sich wart.

„Kugel 11/15, fahren sie zum Rossmarkt. Im Geronimo will ein Gast des Lokal net verlassen."

Des Geronimo als Lokal zu bezeichnen is ja scho bisle gewagt, da gäbs wirklich treffendere Bezeichnunga, die mer aber da net sooch dürfen, net dass mer noch a Klage aufm Hals bekäm. Jedenfalls hat da kaum ehner unter zwä Promille und wenicher als fünf Seiten Polizeibericht aufm Buckel.

„Oh je", denkt sich der Sebber, wie er den Kerl sicht." Des is a Schrank, des wird was gähm."

Er probierts versöhnlich: „Es wär besser, wenn Sie eefach gengerten. Der Wirt hat da herin Hausrecht und kann Sie ausm Wirtshaus nausschmeis." Der Sebber hält sei Pfefferspray griffbereit und frecht sich, ob des bei so an drümmer Kerl überhaupt wirkt.

„Is mir wurscht. Ich trink mei Bier fertich. Der kann mich mal."

„Hör mal zu, Freund", der Harry geht ganz na ran, schaut ihm tief in die Augen, dass sich fast die Nasenspitzen berühren. „Wenn mir des soochen, dann schleichst dich, hast mich verstanna."

Dem Kerl sei Gsicht verfärbt sich. Aber net rot vor Wut, net schwarz vor Ärger, näh, grün läuft er an, grün vor Ekel, vor Atemnot, vor Knoblauchgstank. Er springt auf und rennt zur Tür naus, schnappt wie a Erstickender nach Luft. Gsänn hat na an dem Abend kener mehr. Da sieht mer mal, dass es net immer Chemische Waffen braucht.

„Hey cool. Ich geh nie mehr ohne Knoblauchbeifahrer auf Streife", der Sebber grinst im Auto.

„Kugel 11/15, in der Bauerngasse, vorm Zweirad Steger liegt eine Person aufm Gehweg. Rettungswagen kommt auch." So is weiter ganga. Der Harry hät lieber a ruhiche Nachtschicht verlebt. Der Tag war scho anstrengend genuch gewässt.

„Scheiße, die Sanis sin noch net da." Tatsächlich liegt da Ehner, oder vielmehr Ehna. Die zwä Gendarmen steigen aus und wärn gleich vo zwä aufgeregte Passanten empfangen.

„Mir ham sie so gfunna. Die reecht sich nimmer."

Der Sebber und der Harry knien sich rechts und links vo ihr hie, sin bisle angenehm überrascht. Ausnahmsweis is es ke alter Mann, ke amtsbekannte Alkoholikerin, ke Stammkunde in der Ausnüchterungszellen. Näh es is ah junge Fraa, net hässlich, gor net schlambert.

„Da müss mer Mund zu Mundbeatmung mach." Der Harry hats eilich.

„Woll mer net erscht mal die Atmung kontrollier?" Der Sebber guckt unsicher.

„Näh, dazu is ke Zeit mehr."

„Soll ich die Beatmungsmasken im Auto such?"

„Näh, des passt scho."

Fachmännisch nimmt der Harry den Kopf vo der Blondine in die Händ. Überstreckt wie ers gelernt hat und setzt oh.

„Soll ich dann Herzdruckmassage mach?" Der Sebber durchläuft den letzten Erste-Hilfe-Kurs vor seim geistigen Auge.

„Wennst mehnst." Der Harry drückt sei Lippen fest auf den geöffneten Mund der Dame und bläst kräftich nei.

Der Brustkorb hebt sich. Der Harry holt Luft.

„Wart amal. Ich gläb die lebt noch."

Der Harry will grad nochma ansetz, als die Fraa des Husten und Würgen anfängt und die Augen aufmecht. Panisches Entsetzen im Gsicht. Schnell wie der Blitz springt sie auf, lehnt sich an die Hauswänd, beugt den Oberkörper nach vorn und göggt.

„Ich gläb, jetzt muss sie kotz." Der Sebber is besorcht. Der Harry net: „Näh, des passt scho. Des hat ra scheints gut getan."

„Bäh, was war denn des? Des is ja eklich. Boah eyh!" Die Blondine is widder ganz sie selber als die Sanis daher kommen. „Braucht ihr uns noch?"

„Näh, um Himmels willen. Net nochamal. Ich brauch ke Hilf mehr.",sechts und geht sicher und aufrecht in Richtung Kornmarkt davo.

Der Sebber grinst: „Die wird sichs in Zukunft zwämal überlechen, ob sie sich nochmal auf die Straß leecht."

So geht die Nachtschicht dann doch irgendwenn zu end. Die Polizisten ziehen ihr Uniform aus und gen hemm.

„Wie war die Nachtschicht?", wird der Harry am Frühstückstisch empfangen. „Stell dir vor: Ich war gestern nochmal bei der Bettina. Aber da hab ichs net lang ausghalten. Die hat vorher was mit Knoblauch gekocht ghabt. Die ganze Bettina und die ganze Wohnung ham soo gstunken. Des war fürchterlich. Ich mooch doch überhaupt kenn Knoblauch."

Der Harry hat scho sein Schlafanzuch an und will gleich nein Bett, als na sei Fra nochmal erwischt. „Sag mal, du stinkst ja genauso. Ich denk du hast gestern den ganzen Dooch schaff müss."

Ehm Harry seiner Fraa fällts wie Schuppen vo die Augen. „ Du warst bei der Bettina! Du Scheißkerl. Betrügst mich mit meiner besten Freundin. Ich hab euch scho lang in Verdacht. Aber ich wollts nie wahr hab. Und red dich net raus, des is doch eindeutich. Du Drecksagg!"

Da söll nuchma ehner sooch, dass Knoblauch ke reinichenda Wirkung hat. Obber an der Stell brech mer die Erzählung lieber ab. Mir wollen ja ken Roman schreib.

4. Andere Zeiten

Der Sebber hat den Wandel der Zeiten in Schweinfurt eindrucksvoll erläbt. Grad die Amerikaner waren da a lebendichs Beispiel dafür.

Des worn fei nuch Zeiten, wo die Ami in Schweinfurt stationiert worn. Vor allen Dingen bis in die 80er Johr. Also da wenn der Soldat sich in der Stadt so hergsuffen hat, dass er den Hemwäch verfehlt und in fremma Gärten geland is, dann is die Militärpolizei kumma. Die Militärpolizei worn damals nuch mindestens zwää rießiche Kerl. Die ham den Soldat dann erscht mal aufm Boden gelecht, aufm Rücken gfesselt und wenn er Glück ghabt hat, ins Auto, wenn er Pech ghabt hat, auf die Ladeflächen vom Lkw gschmissen.

Wie des dann mit dena Irakkriech und in Afghanistan angfangen hat und die armen Kerl wirklich grund zum Saufen ghabt ham, da sin sie dann mit Samthandschuh angfasst worn. Wennst du da die Militärpolizei angerufen hast, dann hats passier könn, dass a junge zierliche Polizistin ganz allee kommen is. Die hat dann die Tür vo ihrm Auto aufgemacht. Hat gsacht: „No

Problem. I bring him home.", den Soldaten ins Auto gebeten und tatsächlich hemgfahren.

So ham sich die Zeiten geändert. Aber dazu mussten erscht ganz schö viel vo dena Soldaten sterb, mussten erscht ganz viel vo dena armen Hund zum Kanonafutter wer.

5. Ansteckungsgefahr

„Moo, woll mer heut ahmd fortgeh? Ich hätt widder mal richtich Lust auf a Heckenwirtschaft. Der Mühlfelder in Zell hat fei widder offen."

Der Sebber überleecht. Eigentlich will er ja ahmds immer sei Ruh. Aufm Sofa sitz, Fernseh guck und a Feierahmdbier trink. In der Heckenwirtschaft is es ja immer so laut und voll.

„Also gut, ich hab ja heut mittach gschlafen. Vo mir aus gemmer halt." Vielleicht hammer ja Glück und krieng ken Platz, denkt er sich.

Aber sei Hoffnung hat sich net erfüllt. A ganzer Tisch war nuch frei. Also ham sa si hiegsetzt und an Schoppen bestellt. Draußen wars kalt und alle Fenster waren zu. Letzta Wochen hat er a Fenster aufgemacht und fast sei Schlääch kriecht deswecher. Also hat ers desmal gor net erscht probiert. Am Nachbartisch waren a bor alte Leut ghockt. Also alt häßt in ahner Heckenwirtschaft über 80, weil jung häßt unter 80. Die über 80-jährigen ham anscheinend widder ihr Höhrgeräte derhemm vergessen ghabt, weil es war a Geräuschpegel, der hät a vollbesetzts Fußballstadion beim Siechtreffer der Heimelf nein Schatten gstellt.

Der Sebber hat scho ogfanga sein Fernseh zu vermissen, wie endlich die Tür aufganga und a „jungs" Bärla, also mitte Siebzich, reikumma is. Zielstrebich sin die zwää auf die enzichen freien Plätz zugsteuert und ham si zum Sebber und seiner Fraa gsetzt.

Bis zum üblichen Gsprächsanfang („wu seit denn ihr her?") hat der Sebber bisle Zeit ghabt und sich sein Gecherüber in Ruh erscht mal ageguckt. An Schal hat der dra ghabt, dassd gemeent hast, der wär vom annern Ufer. Aber nach kurzer Zeit is dem Sebber der Duft vo Euchalibtusbomboms in die Nasen ganga und er hat gewisst, welchen Zweck der Schal heut ahmd hat.

„Mensch, der Depp hät ja wirklich derhemm bleib könn. Der Euchalibtusgeruch passt jetzt zu meim gemischten Satz (Spezialität beim Mühlfelder) und meiner Hausmacherwurschtplatten überhaupt net." Des war scho weng unangenehm.

Wie die Tür es zwätta Mal aufganga is, sind der Franz und sei Resi reikumma. Der Sebber hat gleich gewunken. Mer is weng zamgerutscht und war froh, dass mer sich widder mal getroffen hat. Naja, hat sich der Sebber gedacht, vielleicht wird's ja doch nuch schö.

Die Resi war kaum ghöckt, da hat sa scho losgenießt. „Soo, muss erscht mal mei Bazillen verdääl!"

Der Sebber hat sich reflexartich geduckt, obber net bedacht, dass sich die Dinger in alle Richtungen, nach ohm und nach unten verdäälen.

Beim Essen dann is ihm der Abbedid schon bisle verganga. Die Griefenwurscht und der Bressagg mit Euchalibtusgschmack und regelmäßigen Nießer vo der Resi warn schwer verdaulich.

Ah am Nachbartisch hamm sie gehust und überoll waren die Taschentücher rumgeläächeng. Sogar die „älteren" Gäst warn scheints net auf der Höh. Däss die in dem Zustand überhaupt nuch ausm Haus genn, hat sich der Sebber gedacht.

Blos der Richard, Seniorchef, der hart Hund, war suverän wie immer, hat sich zu alle hiegsetzt und mit alle geredt. Dem ham die fliechenda Bakterien und Vieren scheints überhaupt nix ausgemacht.

Aber sogar die Lisbeth, die Bedienung, hat beim Kassiern zwischendurch in ihr Taschentuch gerotzt.

Beim Nausgehen hat dem Sebber sei Hals dann scho bisle gezwickt.

Die Wochen drauf war die Heckenwirtschaft leer. Die Bazillen ham ihr Wirkung gezeicht. Alle warn derhemm im Bett gelächen(die Junga) odder ham sich auf Krankenhäuser und Friedhöf verteilt (die nimmer Junga). Der Sebber war mit Schnupfen aufm Sofa gelääng und hat vom sterm gered.

Eenzich der Richard war verschont gebliehm. So an richtichen Zeller Steicherwälder haut halt eefach gor nix um.

6. Beim Urologen

„Ich hab angerufen. Ich hab bisle Probleme und Sie ham gsacht, dass ich heut noch kumm könnert." Dem Sebber is doch wirklich gor nix erspart gebliehm. Sogar zum Urologen hat er eines Tages gemüsst.

Der ältere Herr hinterm Sebber hat zielstrebich den weißen Strich aufm Boden ignoriert, steht direkt hinterm Sebber und guckt na über die Schulter, ganz neugierich.

„Ja, genau. Was haben Sie denn für Probleme?"

„Äh, naja, Probleme halt. Es schmerzt bisle."

„Ja, dann nehmen Sie den Becher, gehen auf die Toilette und geben erst mal Urin ab. Dann nehmen Sie bitte im Wartezimmer Platz."

Der Sebber hat scho mit dem Schlimmsten gerechnet ghabt und sich mental auf des Prozedere eingestellt. Mit dem Plastikbecher zum Kloh zu gehn, mitten durch tausend annere Patienten, mecht na also gar nix aus. Weil er des geahnt hat, hat er scho weng gspart ghabt und den Becher ah gleich gut halber voll gebracht. Beim Nausgehn is dann der nächste ältere Herr zur Toiletten nei gstürmt. Ganz gehetzt hat der geguckt. Hatn Sebber fast übern Haufen gerennt und die Tür aus der Hend gerissen.

„Oh je, hoffentlich werd ich net so, wenn ich alt bin", hat sich der Sebber gedacht, so wie alle in so ahm Fall denken däden.

Im Wartezimmer hats dann wie immer ohne Termin a klanne Ewigkeit gedauert. Am Schluss wars scho ganz still in der Praxis und er war allee im Zimmer. Vorsichtig hat er mal die Tür aufgemacht. Tatsächlich war nuch so a jungs Ding an der Rezeption.

„Ich hoff, Sie gehen net hemm und vergessen mich da herin."

„Nee, machen wir nicht. Sie sind auch der nächste Patient, der dran kommt."

„Des tät mich jetzt a wunner, wenn da nuch jemand vor mir wär, wo doch gar kenner mehr da is."

A halbe Stund später is er dann tatsächlich ins Behandlungszimmer 1 gschickt worn. Er soll sich scho ma bisle frei mach, hats ghässen. Also hat er des gemacht und sich blos nuch mit ahner Unterhosen an seim dahinsiechenden Körper auf die Pritschen geleecht.

Zehn Minuten später is dann endlich die Tür auf ganga.

„Grüß Gott. Ich bin die Frau Doktor Grobholz. Ich bin die Vertretung vom Doktor Feinbier, der is nämlich krank. Was kann ich denn für sie tun?"

Oh je, des ah nuch, des is ja ah Fraa. Der schlimmst Fall war eigetreten. Dem Sebber wars jetzt richtich peinlich und er hat bisle des Stottern agfanga: „Naja, es tut halt bisle weh, da unten, des beste Stück."

„Ach, das sieht ja gar net gut aus. Brennts denn beim Urinieren?"

„Nee, des net. Ja, ich gebs zu, momentan sicht er wirklich weng jämmerlich aus. Der is vielleicht jetzt a bisle eigschüchtert. Sonst is er gor net so klee und funktionieren tut er meistens noch ganz gut."

Die Frau Doktor zieht sich Einweghandschuh an und drückt vorsichtich an seim besten Stück rum. Im Gegensatz zu süst, wenn jemand fremds an na rumspielt wird der nuch klenner und is fast gor nix mehr zu sähn.

„Naja, des krieg mer scho widder hin. Ich schreib Ihnen eine Salbe und bisle Kamillenextrakt auf. Da baden Sie ihn zweimal täglich drin. Dann müssts eigentlich nach einer Woche widder vorbei sein. Aber Sie sollten ihm mal ne Pause gönnen."

„Wenns sei muss."

Erleichtert zieht er die Hosen nauf. Eicrem und bisle baden, des kriecht er hie. Da hat er scho ganz annere Dinger ghört. Da solls ja ganz schlimme Untersuchungsmethoden gäb, für sei bests Stück. Vo Schläuch, die sonstwo eigführt wern und annere Foltermethoden hat mer am Stammtisch neulich erzählt.

Schweißgebadet geht er zur Praxis naus, mecht die Tür zu, lehnt sich an die Wend und holt erscht mal tief Luft. „Leck mich am Arsch", denkt er sich. „Da freut mer sich ja richtich aufm nächsten Zahnarztbesuch.

7. Ein Kompliment

Der Sebber war mit Kollegin zur Streife ausgerückt

Da hat sie erscht mal zehn Minuten am Sitz rumgedrückt

Sämtliche Hebel nach vorn, nach oben und nach hinten gerissen

Aber der blöd Sitz hat si um gor nix gschissen

„Mensch, blöder Sitz, tu dich jetzt endlich bewech."

„Ach Mädla, lass na geh, weil ich dich nacherd eh nuch flach leech!"

Sie überhörts und fängt harmlos zu plaudern an

Denkt sich aber, so ein Blöder Mann

„Was hälst du eigentlich vo Frauen bei der Polizei?"

„Ach, solang sa net schö sinn, iss mir des einerlei.

Wenn sa obber gut ausschaun, was hermachen, kannst da die Probleme vorprogrammier

Nää, mit dena kannst mir gstohlen bleib, da fahr ich viel lieber mit dir!"

8. Begegnungen

Der Sebber fährt mit seim neuen Wohnmobil ganz hinten im Passeier Tal den Berch nunter. A glenz Strässla is es, fast auf kenner Landkarten verzeichngt, grad für eh Auto breit genuch. Kurven an Kurven. Hoffentlich kummt di nächsten zwä Kilometer kenner entgecher.

Aber die Wirtin hat ja gsacht, wie er los gfahren is, des is ke Problem. Der Klennere muss halt dann zurück zur nächsten Ausweichstell fahr. Müllabfuhr und Milchauto kumma um die Zeit nimmer, also kann ja eichentli nix passier.

Nach ahner Kurven sieht der Sebber aber gottseidank scho in sicherer Entfernung tatsächlich a Auto daherkumma. „Naja", denkt er sich, „des wird scho klappen." Der Sebber gibt a weng Gas, weil er die Ausweichstell noch erreich will, bevor der Anner mit seim dicken Q 7 daherkummt.

Des schafft er ah, fährt rechts ran und wart. Der Q 7 mit deutschem Kennzeichen mecht scho a bös Gsicht, also der Fahrer mehn ich, wie er daher kummt. Immerhin schafft ers noch bisle vom Gas zu gehen und will langsam vorbei fahr. Der Sebber sieht dass es eng wird, zieht noch paar Zentimeter nach rechts und lässt sei Wohnmobil noch bisle vorwärts roll.

Aber es hat halt doch net gereicht. Um er paar Milimeter streifen sich die Außenspiegel, ganz sanft und ganz zart, aber sie streifen sich.

So steigen alle Zwää aus und beäugen ihre Außenspiegel.

„Des wird teuer, der ganze Spiegel is kaputt:", schennt der Q 7, also der Fahrer mehn ich.

„Da kann doch ich nix dazu. Wärst halt steh gebliehm, bis ich noch bisle nach rechts gezogen hät."

„Du hast doch mit der Kisten da heroben überhaupt nix verloren. Des is doch a Unverschämtheit, mit dem Ding überhaupt da rauf zu fahren."

„Ich derf da genauso rumfahr wie du mit deim Angeberkarren. Was soll denn überhaupt an dem Spiegel sei. Mer sicht doch gor nix."

Die Köpf vo unner zwää Kontrahenten verfärben sich rot.

„Na da. Der is doch total verkratzt"

Der Sebber guckt sich den Spiegel an. Erscht sieht er gor nix, dann entdeckt er tatsächlich an Minimal-Kratzer.

„Na, den kammer doch rauspolier."

„Ich polier da gor nix rum. Des is ah neues Auto. Der ganze Spiegel muss ausgetauscht wer."

Jetzt reichts dem Sebber. Nach seim Spiegel frecht überhaupt kenner. Der sicht nämlich ah net besser aus.

„Des is mir wurscht. Ich bin net schuld. Wennst an neuen Spiegel willst, dann musst na halt selber bezahl." Sechts, dreht um und will geh, als na zwa Händ vo hinten packen. Der Sebber dreht sich um, stößt die Händ vo sich weg als er scho a Faust ins Gsicht kricht.

„Dir werd ich zeing, wer mein Spiegel bezahlt.", und der Q 7 holt zum nächsten Schlooch aus.

Der Sebber is aber durch sei Kampfsportausbildung ah net auf der Brennsuppen daher gschwomma, packt den Auslecher vo seim Kontrahenten, nimmt den Schwung vo dem Kerl mit und schmeist den Q 7, also den Fahrer mehn ich, über die Schulter auf die Straß. Dort tut er den schreiend und strampelnten Q 7 aufm Bauch lech und fixiert na mit am Kreuzhebelgriff.

Ja, was gibt's noch zu erzählen. Ehna vo die Beifahrerinnen hat gottseidank die Polizei gerufen und die ham nach geraumer Zeit die zwä Streithähn getrennt.

Schließlich sin alle zwä weitergfahren. Die Schlägerei vo zwä Deutsche hat schließlich in Italien ken interessiert. Die Spiegel scho dreimal net, weil mer hat ja net nachvollzieh könn, wer jetzt dem annern sein gstriffen hat, wer scho gstanna, oder wer zu weit drüben war.

Begegnungen zweiter Teil:

Jahre später traut sich der Sebber wieder mal in die Berch. Sei Wohnmobil war mittlerweile scho weng älter, der Spiegel verkratzter und der Sebber ruhicher worn.

Nach ä bor schöne Wanderdooch hat er sich aufm Hemwääch gemacht und is desmal des Villnösser Tal vorgebraust. Die Strass war eng und kurvig und für Wohnmobile eigentlich gor net ausgeleecht.

Was wollmer lang rumred, natürlich is ihm genau hinter der heimtükischten Kurven a Italiener mit seim Fiat entgegen kumma. Im letzten Moment sin alle zwää kräftich auf die Brems gsabbt und grad noch rechtzeitich zum Stehen kumma.

Da ham sich zwä erleichterte Gsichter angschaut und alle zwä ham sogar bisle gegrinst. Der Sebber konnt durch die Kurven net zurück, zumal hinter ihm scho der Nächste gstanden war. Hinter dem italienischen Südtiroler war a ke Ausweichstell in Sicht. So ham alle zwä die Beifahrerspiegel eigeklappt. Der Sebber is rechts der Felswand und der südtirolische Italiener der Leitplanken bedenklich nahe gerückt.

Vorsichtich ham sie sich genähert. Aber es hat halt doch net ganz gelangt. Im letzten Moment waren die Spiegel anernanner ghängt und es hat verdächtich gekratzt. Gschwind ham alle zwä ihr Scheiben runter, die linken Spiegel noch weng auf sich zugezogen, sich angegrinst und sin weitergfahren.

Ja, liebe Leut, es geht ah ohne Mord und Totschlach.

9. Gänsebratenspitze

„Fahr du aweng. Ich bin heut net so fit." Der Sebber hat sichs aufm Beifahrersitz im Streifenwagen gemütlich gemacht. Es war halt doch bisle spät gewässt, gestern Abend, am heilichen Abend.

Die Straßen warn leer. Ausm Radio is „oh du fröhliche" getönt.

Die Leut warn alla nuch in die Better geläng. Alla außer Streifenpolizisten und Mütter. Erstgenannte ham sich auf an gemütlichen Dooch im Streifenwagen und Letztera auf an arbeitsreichen Dooch in der Küchen eigstellt.

Bei Letztera musst nämlich die Gans pünktlich um neuna nein Ofen gschoben währ. Genau auf die Minuten um dreiviertel Zwölfa is dann bei der fränkischen Hausfrau der Ofen widder ausgschalten worn und die Gans pünktlich um zwölfa aufm weihnachtlichen Tisch kumma. Normalerweise jedenfalls.

Zumindest beim Sebber ham sich Hoffnung und Wirklichkeit zunächst gedeckt und am Funk war nix los gewässt. Gemütlich is es durch Grafenrheinfeld in Richtung Röthlein ganga. Den Abstecher zum Kernkraftwerk hat mer sich mittlerweil spar könn. Die

Kühltürm ham seit letztes Jahr nemmer geraacht und Kontrollen sin überflüssig worn. Des Kernkraftwerk war stillgelecht.

Bei der fränkischen Hausfrau hat ah alles ganz normal angfanga. Die Gans war fertich aufgetaut und ausgenumma. Der Teich für die Weckfüllung war fertich und die Gans is tatsächlich pünktlich um Neuna nein Ofen kumma.

Pünktlich um fünf Minuten nach Neuna is der Herd dann widder ausganga….

Es war nämlich so, dass der in der Energiewirtschaft als „Gänsebratenspitze" bekannte und ehmal im Jahr vorkommende extrem hohe Energieverbrauch am erschten Weihnachtsfeiertag exakt in der Zeit vo Neuna bis dreiviertel Zwölfa(des is ke Scherz) desmal net ausgeglichen hat wehr gekönnt.

Alles währ vielleicht nuch gut ganga, wenns an dem Tag net total windstill und ganz arch bewölkt gewässt währ. Also auf deutsch: die Ersatzkraftwerke net völlig unbeteilicht und gleichgültich in der Landschaft rumgstannna wärn.

Da wars dann ganz schnell vorbei mit der Weihnachtsruh. Erscht ham aufgerechta Leut die 110, es war schließlich a Notfall, gewählt und in der

Einsatzzentrale angerufen. Mer soll gfällichst Grafenrheinfeld widder eischalt odder die Amerikaner um Hilfe ruf. Es wurd gedroht und gschendt am Telefon. Obber es hat alles nix genützt.

Die Öfen sin blos nuch sporadisch und immer blos für 5 Minuten angsprunga. Die Gäns sind blass und zäh gebliehm.

Für unnern armen Sebber war des a schlimmes Weihnachten. Frauen ham ihra Männer als zu blöd um für anständichen Strom im Haus zu sorchen beschimpft. Männer ham ihra Frauen dumma Gäns, nuch dümmer wie die im Ofen genennt. Der Weihnachtsbesuch is um Zwölfa mit alten Brot, Wurscht aus der Dosen, warma Bier und kaltem Glühwein notdürftich versorcht worn und um halber Eenza widder ganga.

Obber ah der Besuch hat die aufgereizte Stimmung mit nein Auto und mit hemm genumma. Schwiegermütter hat mer den Vorfall als „typisch und absichtlich" unterstellt. Aufgerechta und abgelenkta Söhn ham in Schweinfurt für ah enzichs Verkehrschaos gsorcht. Ehemänner ham verzweifelt reisaus genumma und vergähms a offenes Wirtshaus gsucht. Gekracht hats a alla Ampeln und Kreuzunga. Sichtlich genervta Männer sin außer sich mit hochrota Köpf aus die Auto gsprunga und mit erhobena Fäust auf ihrn Gechenüber los.

Fürn Sebber wars vorbei mit gemütlicher Entspannung aufm Beifahrersitz. Im Gegensatz zur fränkischen Hausfrau. Die hat den restlichen Tag ihr Ruh ghabt.

Später hat der Sebber die Listen seiner offenen Einsätze ziemlich abgeärbert ghabt und hat gecher Dreia dann an der letzten Haustür geklingelt.

„Näh, die Streithähn sinn scho lang alla fort. Bei mir is jetzt alles ruhich." Die Hausfrau war bisle verlechen. Obber plötzlich hat sich ihr Gsicht aufgehellt.

„Wollen Sie net reikomm. Ich gläb die Gans is jetzt doch fertich worn und die Klöß ghören ah ausm Topf raus."

Des hat sich der Sebber net zwämal sach lass, schneller als mer sich's vorstell kann war er am gedeckten Tisch ghöckt und hat sich mit Weihnachtsgans, Klöß und Blautkraut verwöhn lass.

So is Ölles dann doch doch nuch für alle Beteiligten zu am guten End kumma.

10. Großer Hund - kleiner Hund

Es war scho a mords Gerät vo Hund, den wo sich der Sebber da zugelecht hat. A sogenannter Deutscher Langhaarschäferhund. Weil der Deutsche im Allgemeinen und der Franke im Besonderen braucht ja an großen Hund der a mal richtich bellt und im Notfall sogar beiß kann, an Hund hinter dem er sich versteck kann halt.

Und hinterm Paul, so hat der Hund gheißen, also hinterm Paul hat mer sich versteck könn. Kenner hat sich in sei Näh getraut und Katzen hats im Umkreis vo zwää Kilometer scho lang nimmer gähm, die sin alle auf mysteriöse Weis verschwunden. Wie, wääs kenner. Weil der Paul hat net drüber red könn und der Sebber hat net drüber red gewöllt.

Überhaupt hat den Paul nix zum fürchten gebracht. Gor nix.

Also fast nix. Eh Kleinigkeit war da nämlich doch.

Der Gang zum Tierarzt...

Und der hat widder mal sei müss. Die Nachbarshündin war läufich und der Paul dadurch scho tagelang ganz narrisch gewässt. Schließlich wars so arch, dass sei besten Stücke (mir fällt ke fränkischer Ausdruck dafür ei den mer aufschreib könnt) so angschwollen sin, dass sie fast geplatzt wären, wenn's eben net an Tierarzt gähm hät. In dem Fall wars sogar a Tierärztin.

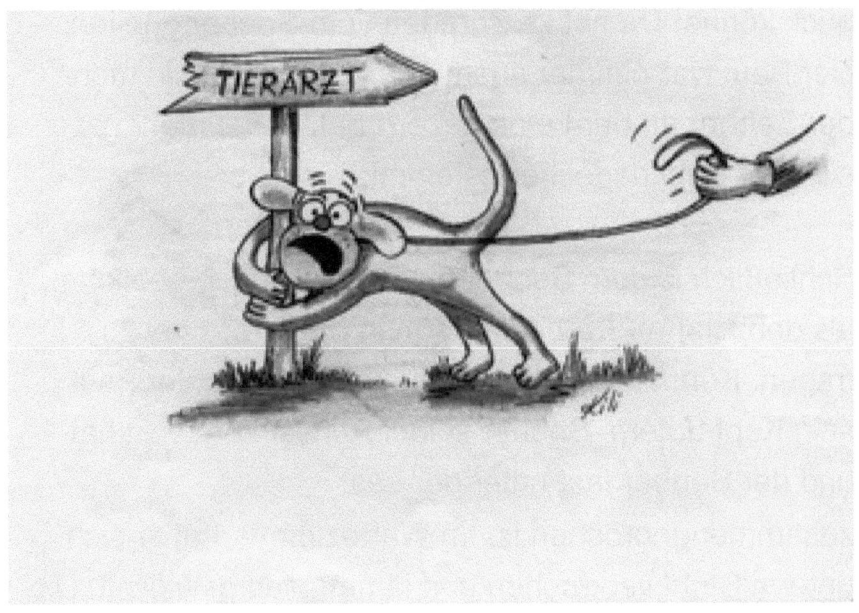

Früh is der Sebber mitm Paul noch Gassi ganga, da war alles noch normal. Bei Frühstück war die Stimmung scho bisle gedrückt. Wie der Sebber dann sein besseren Kittel angezogen und dem Paul des Halsband umgeleecht hat, is der scho bisle klenner worn.

Je näher des Auto sich der Tierarztpraxis genähert hat, desto stiller is es im Auto gewässt. Wie dann der Paul des Schild „Tierarztpraxis Weisenseel, Srechstunden Mo bis Fr 08 - 12 h und nach Vereinbarung, geläsen hat wars ganz aus.

Ihr gläbt gor net, wie jämmerlich flehend so Hundeaugen guck könna. Da hat ke Zureden vom Sebber gholfen. Der Paul war nimmer ausm Auto zu kriegen. Je mehr der Sebber an der Leine gezerrt hat, desto mehr hat sich der Paul dagecher gstemmt.

Schließlich is dem Sebber nix anners übrich gebliehm, als den Rießen-Paul aufm Arm in die Praxis nei zu tragen. Könnt ihr euch des Bild vorstell, wie der Paul sein Kopf unterm Sebber seiner Achsel versteckt hat und der Sebber fast unter der Last zusammengebrochen is. Im Wartezimmer hat er sich unterm Stuhl verkrochen und jämmerlich gewinselt. Die zwä Katzen in dena Körb ihm gecherüber ham scho Mitleid ghabt.

Auf der Pritschen im Behandlungszimmer hat er dann den Kopf unter seiner Vorderpfoten versteckt. Der Sebber war über ihm gebeucht, hat na gstreichelt und beruichend ins Ohr gflüstert, während die Frau Doktor dem Paul sei dringend notwendige Spritzen ins Hinterteil gejagd hat.

„So des wars," hat schließlich die Frau Doktor gsacht, „jetzt müssts ihm bald besser geh."

Als hät der Paul des verstanna, is er vo der Pritschen runter ghüpft. Beim Gang nach draußen hat er scho verdächtich in Richtung Katzen geknurrt. Wie er dann derhemm ausm Auto gsprunga is, war er so groß wie eh und je, und jeder der na gesänn hat, hat sich in sicherer Entfernung ghalten.

Die Katzen ham ihrn Sicherheitsabstand sogar auf 3 Kilometer ausgedehnt.

11. Hellhörig

Freudestrahlend rennen sie den Berg nauf. Vorsichtich berühren sich schon mal die Händ. Ganz sanft und schüchtern.

Zur Hammermoosalm noch 30 Minuten war angschriehm. Auf neutraln Gebiet ham sie sich getroffen. Schließlich wollt doch kenner des Risiko eingeh, mit jemand Fremden derhemm aufzutauchen. Weil was wäs mer scho vo so einer Internetbekanntschaft? Zu oft is der Sebber, seit er wieder mal auf Partnersuche war, scho eiganga dabei. Richtich erschrocken is er bei letzten Mal: Zwischen dem aktuellen Gsicht und dem Bild was er vorher bekommen hat waren bestimmt 35 Jahr gelächen.

Aber desmal hats gepasst. Nachdem er sei neue Flamme, die Gabi, aus Garmisch, getroffen hat, is mer in Eschenlohe an Kaffee mitnanner trinken ganga, hat gsänn dass es passt und is gleich in Richtung Leutasch gfahren. Die Rucksäck waren vorsorglich scho gepackt gewässt.

Der Herrgott hat zwar erscht mal richtich gschend, mit Blitz, Donner und Hagel auf eventuelle Gefahren aufmerksam gemacht, aber des hat die Zwää net stört. Unter an Felsvorsprung ham sie zuflucht gsucht und ersten Körperkontakt gfunna.

Auf der Hütten sin sie dann herzlich aufgenommen worn. Richtich gemütich wars. Die Hüttenmakkaroni warn lecker und die Flaschen Rotwein hat ihr übriges getan. Erste Umarmungen ham die restlichen Hüttengäste scho neugierig währ gelasst. Zwää in dem Alter noch so verliebt? Da stimmt doch was net.

Wie sie aufgstanna sin und sich aufm Weg ins Nachtlager gemacht ham sin scho die ersten verschmitzten Kommentare vom Nebentisch kumma: Ob sie denn überhaupt verheiert wären, und wenn, dann doch sicher net mitnanner, wollt ehner wiss. Der Sebber und die Gabi ham blos gegrinst.

Der Gabi ihr Wunsch vom Schlafplatz im Bettenlager hat net geklappt. A Doppelzimmer war die eenzich Übernachtungsmöglichkeit gewässt. Der Gabi ihr Plan den Sebber durch die Anwesenheit vo Zuschauer und – hörer auf Distanz zuhalten war fehlgschlagen.

So waren se nebernanner gelägen. Erst bocksteif, verkrampft, bemüht Anstand zu bewahren. Mer wollt ja net gleich am ersten Abend….Mer war ja net so Ehna oder so Ehner.

A vorsichtiges „Gute Nacht, dann!" hat der Sebber rausgepresst. Die Gabi „Gute Nacht, schlaf gut!" zurückgsäuselt. Was soll mer lang außenrum red. Der Hüttenzauber und der Alkohol ham ihr übriges getan. Des Gute-Nacht-Bussi is scho nach kurzer Zeit ke Bussi mehr gewässt.

Erscht zaghaft, vorsichtich, dann immer stürmischer is es zuganga.. Blitz und Donner ham jetzt im Doppelzimmer der Hammermoosalm eigschlagen. Da hat selbst der Herrgott gstaunt, wie die zwää ihm des nachgemacht ham.

Auf eh mal fängt die Gabi des jauchzen an, kurze abgehakte Schrei waren ausm Zimmer zu hören. Der Sebber hat Drapsen die Stiegen raumkumma ghört. Im Reflex hat er der Gabi, die immer lauter worn is, den Mund zughalten, dass sie fast erstickt wär. Die Gabi hat überlebt, aber des Ziel, auf des sie so schnurstracks zugsteuert hat, hat sie in der Nacht nimmer erreicht.

Aufm Flur waren die Schritt verstummt. Leises Wispern war zu hören. Der Sebber und die Gabi ham die Luft anghalten. Vorsichtiges Pochen an die Tür war zu hören. Irgend ehner hat was vo Kinner im Haus gsacht. Der Sebber und die Gabi ham sich tot gstellt und nimmer gerührt.

Erst früh ham sie gemerkt, dass die Zimmertür, genauso wie des ganze Haus, riesiche Spalten und quasi null Schallschutzdämmung nach der EU-Norm mehr ghabt hat.

Ganz früh sin unner zwä aufgstanna, ham gfrühstückt und ham sich bevor die annern Gäst wach warn ausm Haus gstohlen.

Ja, so is des, hat sich der Sebber gedacht: Des mit dem Internet is wirklich a gfährliche Sach….

12. In Gefahr

Mit letzter Kraft geht's zur Walleggalm. Die Pisten war widder mal fürchterlich steil gewässt. Die letzten bor Meter fast senkrecht nach unten.

Was hat der Sebber da seiner neuen Flamme angetan? Im fortgschrittenen Alter noch mal des Schifahren anfanga. Dem Sebber zu lieb. Der wollt net aufs Wedeln im Tiefschnee, net auf Kaßpressknödelsuppen, net auf Apresschi mit Schnäpsli und schöna Mädli verzicht. Also hat sei neue Freundin mitgemüsst.

Ham sich ja alle zwä a tapfer ghalten. Die neue Frau Sebber hat Mut und Kämpferherz gezeicht, der Sebber Geduld und Schikurskenntnis. Zwä Wochenenden ham sa auf der Winkelmosalm geübt. Auf ewig flacher, fast waagrechter Pisten. Da war alles nuch soo eefach und leicht.

Aber dann hats ke Gnade mehr gähm. Dann warn die Berch gfracht, und was für welcha? In Saalbach-Hinterglemm, richtich heimtückisch warn die. Scho in der Gondel hat Frau Sebber des Fracksausen kriecht.

„Wos? Da söll ich nunter?" „Nunter kumma sa alla irgendwie.", hat der Sebber nuch gegrinnst.

Über a Stund ham sa dann vom Gipfel bis zur Walleggalm gebraucht. Zwischendurch hat Frau Sebber sogar mal abschnallt und is a Stück aufm Hintern nunter gerutscht.

Dann endlich waren sie an der Alm. Aber was hässt Alm. A richtichs Hotel war des, in 1500m Höhe. Und was für a Stimmung war da oben! Der ganze Berch hat gebebt. A gewisse Antonia aus Tirol war eigflogen worn. Halb Holland war betrunken auf die Tisch und Bänk gstanden.

Frau Sebber hat scho recht ungläubich gschaut und hat net gewisst, wos jetzt schlimmer is. Den Berch runter, oder da in die Hütten nei.

Schließlich hat sie doch des glennere Übel gewählt und sich ins Getummel zwischer die Orangfarbigen gstürzt. Da wars dann gor net soo schlimm. Der Germknödel war lecker, des Bier dazu unpassend obber gut und die zwää Schnäps ham die Stimmung dann endgültig anghoben.

Obber was mir natürlich alle wissen: Je schönner und länger die Mittagspause, desto schwiericher der Aufbruch. Frau Sebber hat eh ke Lust mehr ghabt und so sinsa sitzen gebliehm bis der Sebber schließlich doch zum Aufbruch gemahnt hat: „Jetzt müssmer obber doch langsam los, süst wird's dunkel bis mer unten sin."

Und es is dunkel worn.

Die Pisten war ke Pisten mehr. Es worn blos nuch Matsch und Dreckhaufen und jeda Kurven sogar fürn Sebber a Qual, vo Frau Sebber ganz zu schweigen.

Auf die erschten Hunnert Meter is sie bestimmt fuchzich Mal im Dreck geland. Der schö rosa Schianzuch war scho lang nimmer rosa. Schließlich hat sie die letzte Kraft verlassen und heulend gabs ke Halten mehr. „Ich kann nemmer. Lass mich da, ich will blos nuch sterb. Ich schaff des nemmer.."

Da war sogar der Sebber hilflos. So waren sa alla zwaa verlassen in der Dämmerung ghockt.. Schließlich is ah nuch der Näbel aufgezochen.

Der Sebber hat schließlich, weil er nemmer weiter gwisst hat, sei Handy genumma und die Nummer vom

ADAC rausgsucht, als er a beängstigend nahes Motorengeräusch ghört hat.

Wie wild hat er sofort mit die Arm gewedelt und wer wääs ob die Schneeraupen ah zum Stehen kumma wär, wenn der Sebber net sei leuchtend gelba Schihosen anghabt hät.

Wütend is der Ösi aus seim Führerhaus gsprunga und wollt unner zwää Helden gleich fürchterlich zamscheiß. Obber der erfahrene Berchspezialist hat aufm erschten Blick gsänn, dass da a Anschiss nix nützt und mehr sei Hilfe gfracht war.

Wie ham die Augen von Frau Sebber gläucht, wie sie nach unnötich langer Fahrt im Tal vo der riesichen Schneeraupen in die Arm vo ihrm österreichischen Retter ghüpft is.

„Des war geil!" hat sa den Sebber angstrahlt, nachdem sie sich mit ahner bisle zu langen Umarmung vo dem sonnengebräunten Monsterdrackfahrer verabschied hat.

Und kaum waren Schi und Schischuh ausgezogen, war Frau Sebber widder voller Elan und hat ihrn Sebber mit in die Hinterhagalm zum Apresschi gezerrt. Hat sich der

Sebber anfangs nuch über die wundersame Heilung vo seim Sahnetörtla gewundert, hat er dann dumm gschaut, wie sie dort völlich überraschend ihrn Retter begrüßt und sich mit dem blondierten mehr englisch als österreichisch redenden Kerl unterhalten hat. Die näxt Stund war der Sebber rumgstanna wie a Depp.

„Der is aber nett." Hat Frau Sebber anschließend gsocht. „Mädla, du hast wirklich keine Ahnung von den Gefahren beim Skifahren", hat sich der Sebber gedacht und richtiche Stimmung is bei ihm an dem Abend nimmer aufkumma.

Am nächsten Tag sin unner zwä Helden mehr auf Wunsch vom Sebber als vo Frau Sebber abgereist. Net dass da noch a richtigs Unglück passiert wär und beide ernsthaften Schaden davo getragen hätten.

13. Jedem des Seine

„Entschuldigung, Sie müsserten a Computerspiel für mich dabei hab. Ich wollt net wart, bis sie am End vo ihrer Tour erscht zu mir kumma. Könnerten Sie vielleicht gleich mal nachschau?"

Seit drei Dooch war der Sebber scho wie auf Kohlen gsessen. Immer aufm Postbot gewart. Wie er heut gsänn hat, dass der zum Dorf reifährt, isser gleich aufsprunga, nausgerennt, und hat den Kerl zur Red gstellt. Eigentlich hät der Postbot seinen üblichen Rundgang durchs ganze Dorf genomma und wär erscht als allerletztes beim Sebber vorbeikomma. Aber so lang wollt der net wart. Drum is er also dem Postbot hinten nach gerennt.

Tatsächlich hat der Sebber sei Päckla kriecht. Freudig aufgerecht hat ers in Empfang genomma.

Er hat derhemm scho nix großartiges gekocht. Den Hund schnell gfüttert und sich selber blos a bor Wiener warm gemacht. Die hat er scho aufm Tisch stehn ghabt und grad des Essen anfang woll, wie er den Postbot zum Dorf reifahr gsänn hat.

Eilich hat ers ghabt, weil er wollt dann gleich des Spielen anfang.

So hat er sei Päckle hem getroong. Wollt noch schnell fertich äss und dann los leech.

Gut. Sei Päckle hat er ghabt. Aber die Wurscht war fort. Sei Teller war leer. Der Hund hat ganz unschuldich geguckt. Schließlich hat der ah scho ewich mal auf so ahner Gelegenheit gewart.

So hat an dem Tag jeder kriecht, was er unbedingt gewöllt hat.

14. Kehraus

„Hellau, Hellau!" Die Begrüßung is scho recht lustich. Alle lachen, alle sin fröhlich. Überoll agemalte Gsichter. Die meisten ham Hüt auf, viela a bunts Hemd, manche sogar richtiche Kostüme an, stellen irgend was vor.

Also fühlt mer sich gleich richtig wohl. An Platz ham die Freund reserviert. So hat mer sich hinsetz und ausbreit könn, war gleich neber nette Leut ghockt und alles hat gepasst. Ke Wunner, dass Frau Sebber ihr Laune immer besser worn is.

Gottseidank wars erst sechsa, die Musik hat noch net angfangen und mer hat in Ruh ess könn. Schnitzel mit Pommes hats gähm, den Faschingsklassiker halt. In der Küch war scheints noch net viel los. So sin ruckzuck die Schnitzel kumma und genauso ruckzuck warn sa gessen.

Halber siehma. Die Musik war noch net da. Die Gsichter ham alle noch gstrahlt, der Appetit war gstillt und euphorisch hat sich Frau Sebber auf ihr Nachbarin gestürzt. Endlich hat mer sich mal in Ruh unterhalt könn.

„So, wie geht's euch denn? Alles noch gsund?"

„Ach ja, es geht so!"

„Na dann is ja gut."

Fünf Minuten nach halber siehma. Jetzt könnert langsam mal die Musik anfang. So hat mer sich noch fast a Stund angschaut. Die Gsichter ham noch gstrahlt. Ke Wunner. Es waren ja auch blos ausgsprochene Faschingsnarren in dera Wirtschaft. Die Langweiler, die eh blos dumme Gsichter gemacht hätten, sind vorsichtshalber gleich derhem vorm Fernseher höck gebliehm.

Dem Sebber wars dann doch bisle eintönich. Die enzich Beschäftigung war ab und zu mal nach seim Glas zu langen. Obwohl er langsam und vorsichtich dran genippt hat, war dann doch um halber achta scho der dritt Schoppen bestellt.

Na gottseidank hat dann die Musik angfangen. Natürlich gleich mit schunkeln, mit was süst? Frau Sebber hat gestrahlt, hat sie sich doch ah vo zwää junge Männer umrahmt gewisst. Beim Sebber wars net ganz so. Die junge Fraa links vo ihm hat wohl bisle zu viel Deodorant, der Opa rechts vo ihm bisle zu wenig gsprüht ghabt. Letzterer is scheints erscht kurz davor ausm Kuhlstall kumma.

So is es dann endlich halber neuna gwässt. Mer wollt scho durchhalt und die Beerdichung vo dera Fasnachtszeit mal life erleb. Mit seiner Nachbarin hat sich der Sebber net so richtich unterhalt könn. Ihr Hut war nämlich so breit, dass er net nah genuch ran kumma is, an ihr Ohr, so dass alle zwä bei dem lauten Gedüdel nix vonanner verstanna ham.

Getanzt ham Herr und Frau Sebber scho lang nix mehr. Des mit dem Rhythmus hat halt nie so richtich geklappt bei dena zwää, also zumindest net beim Tanzen.

Mittlerweil hat der Sebber scho nimmer gewisst, ob ihm etzert vom Kuhlstall nehmdra oder vo seiner 5 Schoppen schlecht worn is.

Frau Sebber war ah scho bisle gelangweilt rumghockt. Ihre Zwää Nachbarn ham sich halt doch Jüngere gsucht und warn, kenner wäs wu hie, verschwunna.

Aber allgemein hat des Strahlen auf die Gsichter scho weng nachgelassen. Teilweis war die Farb verloffen, teilweis warn die Kostüme und besonders die Kopfbedeckungen eefach zu schwer und zu warm. Wenn sich die Leut dann mal unbeobacht gfühlt ham, sin die Mundwinkel kurz auf Normalhöh runter und der eh oder anner hat verstohlen auf sei Uhr geguckt.

Damit net so viel gegrübelt worn is, hats dann zwischendurch immer mal a kollektives Hellau gähm. Des hat den Stallmeister neberm Sebber aber net gstört. Der war um halber elfa scho nach vorne gekippt und mitm Kopf auf seiner verschränkten Arm eigschlafen.

Um elfa is dann die letzte Rettung für jede untergehende Kulturgesellschaft kommen. Die Polonäs is durchng Saal gerauscht und hat den Sebber trotz seiner sieben Schoppen mit fort gerissen. Frau Sebber war widder in ihrm Faschingselemt und hat ihrm Hexenkostüm alle Ehre gemacht.

Alles war widder in Ordnung. Blos der Sebber is verschwunden gebliehm.

Wie er a halbe Stund später nuch net aufgetaucht is, hat sich Frau Sebber scho Sorng gemacht, is aber schließlich vo der Fastnachtsbeerdigung ganz abgelenkt gewässt.

Was hat sich der Vereinsvorsitzende mit seiner zwä Buben für ah Müh gähm und wie schö hat ers gemach! Da hat mer mal gsänn, dass doch in viele Leut a geborener Pfarrer drin stecken tät, wenn des mit dera Enthaltsamkeit net wär.

Wie die Beerdichung dann fertich war is der Sebber immer nuch net da gewässt. Also is der Felix losgschickt worn um sein zukünftichen Schwiechervatter zu suchen. Der Felix war zwar a jungs Bürschle, hat obber gleich geahnt, wo es so an reiferen Mann hie treibt.

„Der hockt in der Bar", war die Meldung an Frau Sebber.

„Also gut, dann nämm ich gleich sei Jacken und verabschied mich schoma." Leicht säuerlich is sie ausm Saal marschiert.

Der Felix hat seim Papa taktische Zeichen gähm und alle zwä sin hinten nach.

„Kömmer jetzt endlich geh!"

Der Sebber hat die Augen verdreht: „Ausgerechend jetzt, wo es schö wird?"

Die zwä Osterhäsli, die der Sebber rechts und links im Arm ghabt hat, ham obber gleich am Tonfall vo Frau Sebber gemerkt, dass da Ärcher im Anfluch is und sin auf und davo gsprunga.

Der Sebber hat immer nuch ke Anstalten gemacht und war leicht schwankend auf seim Hocker sitzen gebliehm. Aber da hat sich gezeicht, wie wertvoll a langjährige Beziehung is, jemanden zu ham, der ehn kennt, net im Stich lässt und wääs wo mer hielang muss.

Frau Sebber hat ihrn Adonis eighängt und zielstrebich aus der Bar naus gezoong.

Kaum warn sie aber an der frischen Luft sin dem Sebber die Bee weg gsackt. Es hät wohl schlimm ausgeh könn, wenn der Felix und sei Vatter in dem Moment net scho bereit gstanden wärn und den unsanften Bodenkontakt vom Sebber verhindert hätten. Aber net blos die Bee sind dem Sebber in dem Moment abhanden kumma. Nee, auch die Muttersprach war weg, überhaupt des Ganze was an Menschen ausmecht und vo am Viech unterscheid tät war fort. Er hat sein Kopf nimmer halt könn und blos noch irgendwas vo Mama vor sich hie gebrummt.

Der Felix und sei Vadder ham net lang gfackelt und den Sebber zum Auto getrong, die hinteren Türn aufgemacht und den Oberkörper voraus auf die Rückbank gewucht. Erscht hats blöd ausgschaut, weil des Auto net so breit wie der Sebber lang war. Die Füß ham rausgeguckt und die eh Tür is net zuganga. Aber die Ersthelfer ham des wohl net zum ersten Mal gemacht, schließlich waren alle Türn zu und Frau Sebber is mit ihrer Fuhre hem gfahren.

Was dabei rauskommen is wollt ihr wiss?

Der Sebber hat am nächsten Dooch länger in seim Auto geputzt und gschrubbt. Den Geruch vo Erborchenem hat er mit Saunaaufguss bekämpft. Dann hat er sich ins Bett gelecht und sei Erkältung auskuriert. Die Nacht im Auto mitten im Februar is ihm in Erinnerung gebliehm. In der Wohnung war ah ganza Wochen lang dicke Luft gewässt. Die Zwää hat mer zeitlebens auf ken Fasching mehr gsänn.

Hellau.

15. Sebber a seiner Grenzen

„Näh, ich gläbs net. Ihr seid doch alle mitnanner bisle gaga. Des is jo wie in der Muppetshow!"

Der Sebber recht sich auf. Außenrum stehn an haufn Leut. Er verhält sich vielleicht ah net so, wie er's auf der Polizeischul gelernt hat, aber irgendwenn is halt ah so a Polizist blos nuch a Mensch und kann sich eefach nimmer beherrsch. Wos raus muss, muss dann raus.

Der Eh hat vor seim Haus auf der Strass geparkt. Die junge Dame vo gecherüber is hemm kumma und hat sich genau vor ihrer Wohnung, also dem annern Auto genau gecherüber hiegstellt. Da wär fast ke Kinnerwagen mehr durch kumma.

Die Dritte wollt in ihr Garage, kummt dahergfahren, sicht dass sie net durchkummt und ruft die Polizei. An dem Abend hats gschneit, im ganzen Landkreis sin sa in die Gräben gerutscht. Vollmond war scheints ah, überall wollten sa sich umbring und vorher noch mal ihre Lebenspartner verprügel. So hats halt gedauert und gedauert, insgsamt ehnerhalb Stund, bis der Sebber dann endlich in Theilheim aufgetaucht is.

Die Letztgenannt hat bis dahin alle 10 Minuten bei der Polizei angerufen. Auf die Idee vo der annern Seiten in die Straß und zu ihrer Garage neizufahren is sie net kumma. Weil sie war ja im Recht und da fährt mer ke 500 Meter Umwääch.

Die Falschparkerin hat die Haustür net aufgemacht und so warn die annern gstanden und ham gewart und gewart. Der wo zuerscht geparkt hat war ah im Recht und wemmer im Recht is, rollt mer net 5 Meter vor und lässt sei Nachbarin net vorbei.

Der Sebber hats net begreif könn: „Ja, ich wääs. Sie sin im Recht. Und wenn der Deutsche Recht hat, dann hat er Recht, dann weicht er kenn Meter, da kann kumm was will. Des mecht der Deutsch net."

Des Mädle is dann doch rauskumma und hat den Sebber endgültich zum explodieren gebracht. „Aber ich steh doch immer da. Der will mich blos ärcher, der da drüm. Wieso kriech ich jetzt an Strafzettel und der net?"

„Sagen Sie mal, wie dumm sin Sie eichentlich? Sie können doch net eefach die Strass zupark, wenn scho a Annerer da steht, blos weil Sie süst immer da stehn. Ich gläb ich meld des der Führerscheinstell. Die söllerten Sie nochma überprüf, ob Sie überhaupt an Führerschein hab dürferten."

Jetzt ham sich ah nuch Annere eigemischt. Der Opa vo dem Mädle wollt ewich rumerzähl, dass der da drühm a schlechter Kerl is, weil er genau gecherüber vo ihrm Haus parkt und der Parkplatz doch eichentli ihna ghört. Der Vater vo dem Richtichparker hat es Gspräch gsucht, dass sei Sohn doch im Recht is und er dann doch gar ken Grund ghabt hat sei Auto wäch zufahren..

„Klar is er im Recht. Des sooch ich doch. Aber muss mer immer so drauf beharr und stundenlang kenn Meter weich. Mensch, versteht ihr mich net. Ihr seid doch Nachbarn. I h r müsst euch doch morgen widder übern Wääch laaf und mitnanner auskumm. Ich will jetzt nix mehr hör. Süst wer ich noch beleidigend. Ich muss da wech, süst dreh ich nuch durch."
Mehr sich selber in Sicherheit bringend is der Sebber in sei Auto gstiechn und kopfschüttelnd in Richtung Schweinfurt gfohrn.

Gut, die Strass is dann irchendwann ah widder frei gewässt. Aber ob irgendjemand an dem Abend überhaupt was kapiert hat? Den Anschein hats net ghabt.

Da seht ihr mal, wie hart so a Polizeileben is und mit was mer sich da alles rumärcher muss. Da hilft ah ke Selbstverteidigungskurs und ke Schießkino.

16. Körnerlehrgang

Freudestrahlend fährt der Sebber, solang mer zurück denk kann Polizist in Schweinfurt, die Serpentinen zum Sudelfeld hoch. A ganze Wochen Urlaub, bezahlt ah noch. Entspannung, Erholung, raus vom Schichtdienst, raus ausm Alltag, weg vom Stress auf der Ärbert, weg vom Stress derhemm.

Wie freudich wärn da die Händ gschüttelt. Aus ganz Bayern sin se angereist. Sogar Oberpfälzer sin dabei. Des Gsprachgewirr is schlimmer wie in Babylon, damals. Die zwää Trainer, die des ganze Seminar führen, sin ausm Allgäu. Oje, denkt sich der Sebber, wie er die Sprach hört, des wird was gähm.

Gleich bei der Vorstellung zeicht sich, dass des ke Erholung werd. Alle zeichen ihren gestählten Körper und bringen gleich ihr Verlangen nach Extremsport zum Ausdruck. Gottseidank sin zwä Mädli dabei, denkt sich der Sebber, so schlimm wird's also net wern.

Nach Vorstellung und überhasteten Mittagessen geht's gleich naus, bisle spazieren. Aber was heißt bisle aufm Sudelfeld? Bisle geht da gar net. Mer hat lediglich die Wahl zwischen 25 Prozent bisle bergauf oder 25

Prozent bisle bergab. Ach Franken, was bist du schö, denkt sich der Sebber.

Am zwädden Tag, also am Dienstag is dann endgültig Schluss mit lustig. Naus in Schnee geht's, gleich nachm Aufstehen, barfuß natürlich. Erscht spürt mer die Kält gar net. Als weiter wird im Tiefschnee gstapft. Dann die ersten Weh- und Achlaute. Eine Hüpfen und Springen Richtung Haustür setzt an. Aber da zeicht sich, dass jeder auf sich alle gstellt is, wenns um Leben und Tod geht. Da werden die Vorderen von den hinten Erfrierenden rücksichtlos übern Haufn gerennt und nein Schnee gschmissen.

Dann macht sich ungläubiges Entsetzen breit. Die Haustür war nämlich ins Schloss gfallen, weil um dera Tages, bzw. Nachtzeit noch kenner den Schnäpper gedrückt hat. So stehen, bzw. liegen alle nach kurzer Zeit wimmernd und jammernd vorm Haus. Bis die Tür endlich aufgeht sin bei der Hälft die Füß abgstorm.

Was gibt's da für Schmerzen beim Auftauen. Was für a Gejammer und Gestöhn. Den Martin aus Volkach hats aber ernstlich erwischt: Erfrierungen zweiten Grades. Drei Tage Krankenhaus. Heimreise ungewiss. So kummts halt, wemmer dehem blos des Weinträubelstampfen gewöhnt is.

Aber ah die Irene aus Nemberch war scho am Nachmittag mit Fieber im Bett geläng. Scho ham alle gemerkt, warum der Lehrgang jetzt Gesundheitslehrgang hässt: Scheints weil mer froh sei kann, wemmer aus der Wochen einichermaßen gsund rauskummt.

Die Entspannungsgymnastik danach is dann doch a Erlösung. Mehr hät kenner vertragen. Den weißen Kranich, vo dem der Trainer gered hat, den stellt sich jeder gern vor. Wie er mit dem übern Schnee fliecht. In sicherer Höh. A Schwab und a weißer Kranich…. Da soll mer ernst bei der Sach bleib!

Nachmittag wern die Schneeschuh angschnallt. Im Tiefschnee geht's quer durchm Wald. An ahm Bachbett entlang, bzw. immer mal quer durch. Traumhaft schö. Alle Erfrierungsblasen sin vergessen. Der Sebber bleibt mal kurz zurück, geht für kleine Unterfranken und misst dabei praktischerweis gleich mal die Schneehöh: Mindestens einerhalb Meter sinds.

Aufm Rückweg passierts dann. Dem Wolfgang reist die Schnallen am Schuh und es is ganz schnell vorbei mit lustich. Es passiert nämlich grad zu dem Zeitpunkt, als er scho bisle hintennach ghängt is und des kenner mitkriecht hat. Erscht wie alle derhemm waren is aufgefallen, dass Ehner fehlt. Die Truppen sitzt längst beim Abendessen, als die zwää Trainer in stockfinsterer Nacht mit dem Wolfgang ankommen. Der is halt ke Ries und hat sich ohne Schneeschuh im Tiefschnee wie im Treibsand bis zum Kinn eingegraben ghabt. Er wär sicherlich erscht im Frühjahr wieder zum Vorschein kumma, wenn na die zwä Allgäuer Schwaben net gerettet hätten. Überhaupt waren die Trainer ganz harte Hund, wie mer scheints blos wern kann, wemmer Maultaschen und Spätzle scho mit der Muttermilch aufgsogen hat. Den Rest der Wochen hat der Sebber denWolfgang nimmer gsänn. Die schützende Bettdecken hat der nimmer verlassen.

Aber wie so oft schweißen ja herbe Verluste den Rest der Truppe zam und am nächsten Früh sin alle wieder begeistert beim Knieguss, also Beine mit eiskaltem Leitungswasser aufwärm. Nach umfangreichen Ernährungstips geht's zum Mittagessen. Aber ah desmal is es scheints mehr a Anschauungsunterricht für des was mer am besten meid soll: Es gibt Schweinsbraten mit fetter Kruste in dicker Soß.

Zur Verdauung geht's ins Schwimmbad. Vo Schwimmen will aber an dem Tag vo der Elitetruppen kenner was wiss. So hat mer sich nach kurzer Zeit in der Sauna getroffen. Ach is des schö. Mal so richtich aufwärm, die Muskel wärn weich, alles entspannt sich.

Die Wasserbetten im Ruheraum tun ihr Übrigs. Mer denkt scho an Aufbruch als der Günther aus der Oberpfalz noch an schnellen vierten Saunagang drauflecht. Wemmer scho mal die Gelegenheit hat. Gsund is ja erscht wenns richtich weh tut. Also hockt er drin und hockt drin und hockt immer noch drin, als er scho blau anläuft. Die Tür bringt er noch aus eigener Kraft auf, aber dann gibt's ke Halten mehr. Strecks der längs fällt er hie und reecht sich nimmer. Im Krankenhaus in Miesbach wartet der Martin aus Volkach scho und freut sich, dass er nimmer alle im Zimmer is.

Dem Rest der Truppen geht's nach dem Wellness gut. Im Kaffee in Bayerisch Zell zeicht dann Trainer Hans was mer sich erlaub kann, wemmer dem ganzen Tag blos vo Vollkorn und Müsli red. Drei Stück Sahnetorten türmen sich auf seim Teller. Da will natürlich kenner hinten ansteh.

Weils aber doch a Aktivwoche is, beschließt mer nachm Essen gemeinsam in Keller zum Spinning zu gehen. Mit lautem Getöse geht's visuel quer durchs Allgäu, bergnauf, bergnunter, immer eng zam. Da kann Gegenwind vom gewedelten Handtuch und stürmischer Regen aus dem Werner seiner Trinkflaschen nix ausmach. Alles is prima. Bis es an Schlag tut und der Michl aus Kulmbach mittm auf der Abfahrt vom

Nebelhorn ausm Pedal rutscht und mit seim besten Stück derartig nach vorn knallt, dassd denkst, jetzt hat er des Fahrrad erschlagen. Wie er nach 5 Minuten wieder kontrolliert atmen kann, is er im vorderen Genitalbereich scho so angschwollen, dass sei Fraa die größte Freud dra ghabt hät. Da hat ke Knieguss mehr gholfen. Bettruhe, mindestens bis Freitag war die Diagnose vom Werner.

Donnerstag früh heißts wieder vorsichtiges Laufen im Schnee, direkt vor der Tür. Der erlaubte Bereich is mit Flatterleinen abgsperrt. Trainer Hans hält vorsichtshalber die Tür auf.

Nachm Frühstück kommt a Sani und misst die inneren Werte. Alles is gut, alles im Rahmen. Blos beim Bernd ausm Präsidium ham die Alarmglocken gschlagen. Cholesterin 450! Der Martin und der Günter freuen sicht. Endlich können sie an dreier Schafkopf am Krankenbett spiel.

Nachmittags war Kurshöhepunkt: Skilanglauf bei strahlend blauem Himmel. Die Elitetruppe is gleich wie der Teifel davo gerennt. Die Doris, überwiegend sitzende Tätigkeiten gewohnt, is da gleich überfordert.

„Lass die Narrischen ruhig davo. Mir machen des heut gemütlich.", tröstet sie der Klaus. So laufen sie gemütlich einträchtig, die Landschaft genießend in Richtung Wald.

„Ach wässt, die vielen Leut nerven. Des is so schö da, lass uns bisle abseits geh." Ohne Hintergedanken führt der Klaus die Doris in seiner eigens gezogenen Spur in wunderschöner winterlicher Landschaft. Was is des schö, was is da für ah Ruh und Erholung, weg vo dena narrischen Loipendrängler.

So gehts ohne Stress mit angenehmer Unterhaltung dahie. Bis der Klaus auf die Uhr schaut und feststellt, dass es langsam an der Zeit wär umzudrehen.

„Ach, mir nemma die Abkürzung, dann müssmer net um den ganzen Berg außenrum." So is der Klaus leicht bergab und die Doris hinten nach. A zeitlang gehts gut und flüssig dahie, dann is der Weg steiler bergab und hat schließlich in ahner Schlucht geend. So bleibt dena zwää nix anners übrig, als auf der anderen Seiten die Ski abzuschnallen und mühsam den Berg hochzukraxeln. Bei der Doris lassen dann aber schnell die Kräft nach. Halber schleppt, halber trägt sie der Klaus den Berg hoch. Es dämmert scho, wie sie endlich oben sin. So sin sie dort den Weg gfolcht ohne zu wissen, obs überhaupt die richtige Richtung war. Schließlich is es stockdunkel, als die Doris sich weinend hiesetzt. Durchnässd und eiskalt verlässt sie ihr letztes bisle Mut.

„Ich kann nimmer. Wenn ich scho sterb muss, dann halt jetzt und da."

Der Klaus, dem selber scho hundselend war, nimmt sie in Arm: „Mir schaffen des scho. So leicht gähm mir net auf."

Eng umschlungen sitzen die zwä da und warten auf ihr End, als plötzlich Lichter auftauchen und a Jeep daher kommt . So wern unner zwä Todgeweihten vo Waldarbeiter mitgenommen. Aber net zurück nach Bayerisch Zell, näh, nach Österreich gehts, ganz weit weg vo dahemm.

„Ach wässt wos?", meent schließlich der Klaus, „Ich hab sowieso ka Lust mehr auf den Lehrgang. Woll mer net da bleib, wo mer sin und uns endlich mal richtich erhol?"

Kurze Zeit später kumma sa schließlich in ahm richtigen Wellnesshotel unter , quartieren sich dort paar Tag ei und melden sich aufm Sudelfeld für den Rest der Wochen krank.

So is die Zahl der Teilnehmer am End vom Lehrgang scho stark eigschränkt. Umrahmt vo seiner zwä Trainer sitzt der Sebber am Freitag allee im Lehrsaal. Der

Vortragende gibt sich aber trotzdem große Mühe. Um Gesundheitsvorsorge im Alter gehts. Darmspiegelung und um die Pflegesituation in Krankenhäusern, um Schüsseln die mer in hilfloser Lage unterm Hintern gschoben kriecht. Am Schluss schaut der Referierende den Sebber ganz eindringlich in die Augen. Der Hans und der Werner legen dem Sebber rechts und links ah Hend aufm Unterarm und schauen ihn ganz ernst an dabei.

Ob er sich schoma ernsthaft mit aktiver Sterbehilfe beschäftigt hat?, will der Redner wiss!

Des war dann doch zu viel für unnern Sebber. Schreiend spring er auf, rennt ausm Lehrsaal, hüpft in sei Auto und braust die Serpentinen in Richtung Bayerisch Zell nunter. Aufm Sudelfeld hat den Sebber kenner mehr gsänn.

17. Kündigung leicht gemacht

„Weinhold, Hallo!"

„ Sprech ich mit dem Sebastian Weinhold?"

„Ja, scho."

„Sehr schön. Hier spricht die TV-Spielfilm-GmbH Hannover. Sie haben ja ihr ABO gekündigt. Jetzt haben wir für Sie spezielle Angebote. Sie sparen sehr viel Geld, wenn Sie jetzt ihr ABO verlängern. Sie bekommen zum Beispiel die ersten vier Ausgaben gratis."

„Ach, ich hab eigentlich ke Interesse."

„Ja, aber Sie würden doch bares Geld sparen. Sie sollten das auf jeden Fall annehmen.

„Aber ich guck doch fast ke Fernsehen."

„Aber dieses Angebot kann ich Ihnen wirklich nur heut machen. So günstig kommen Sie nie mehr an eine Fernsehzeitung."

„Aber die TV-Spielfilm gfällt mir nimmer."

„Dann nehmen wir halt eine Andere. Wir haben da ein ganz tolles vielfältiges Angebot."

„Ich möchte ke Fernsehzeitung mehr."

„Ja aber jeder Mensch braucht eine Fernsehzeitung. Welche wollen Sie denn jetzt haben."

„Ich will   k e n n a ."

„Aber Sie brauchen unbedingt eine. Und unser Angebot is so, dass Sie gar nicht ablehnen können."

„Doch ich kann. Ich werd mich nämlich vo meiner Fraa drenna und da auszieh. Verstehn Sie' s doch endlich, dass ich de Fernsehzeitung mehr brauch will!"

„Oh, dass tut mir leid. Entschuldigen Sie bitte. Schönen Abend noch. Auf Wiederhören."

18. Sebber auf Reisen

Frohgelaunt sin Herr und Frau Sebber mit ihrm neuen Wohnmobil Genitalien gfahren. A große Reise sollts wer, bis zur südlichen Stiefelspitze. Bella Italia satt halt.

Wie ham sa sich alle Zwää gfreut. Auf den Spuren Goethes im Golf vo Neapel angfanga, den Vesuv naufgfahren, in Pompej jeden Stee umgedreht, die Amalfiküste mitm Roller erkund und schließlich auf Capri wie der Odysseus die Sirenen besucht. Dann in Paestum griechische Tempel, schönner wie in Athen selber, besichticht und schließlich weiter dem Odysseus hintennach bis zur Straße von Messina vorgedrungen und nach Skylla und Charybdis Ausschau ghalten.

Was war des für a schöne Reise! Strände vo Felsen umrahmt, mit feinem Sand und glasklarm Wasser, wies in der Karibik kenns gibt. Und vo wächer gfährliche mafiaverseuchte Gegend. Gor nix. Nur netta und freundliche Leut getroffen. Net ehmal ausgeraubt, vergewalticht oder erschossen worn.

Ja, es war zu schö um wahr zu sei. Fast hätten unner Zwää gor nemmer hemm gewollt. Fast…

Wenn da net die Sach mit der Autofahrerei gewässt wär…

In Neapel is der Sebber durch des Drecksnavi auf die Küstenstraß geleit worn, die ausdrücklich für Wohnmobile net empfohlen war. Fast wärs gut ganga, wenn ihm da net a Säutransporter entgecher komma wär. Geistesgegenwärtig is der Sebber nach rechts aufm Gehsteich ausgewichen, dass die Fußgänger ner so davo gspreiselt sin. Des war zwar net schö, obber es hat wenigstens dazu gführt, dass vom Sebber seim 8,20 m-Wohnmobil blos die link Seiten vo ohm bis unten zerkratzt und der linken Außenspiegel abgfahren worn is. Vo umdrehn und den Kerl verfolch konnt auf der enga Strass ke Red sei. So is dem Sebber nix Anners übrich gebliehm, als nach Sorrent zu fahren und dort an Campingplatz anzusteuern.

„Um Himmels Willen. Da willst du neifahr?!" Frau Sebber hat die Händ übern Kopf zamgschloong.

„Des mach ich scho. Werst sähn." Dem Sebber sei Mut war ungebrochen. So hat er den erschtbesten Stellplatz für sei Gefährt angsteuert und tatsächlich ohne weiteren Flurschaden anzurichten eigeparkt. Obber es war halt wie so oft. Nach kurzer Zeit is Frau Sebber vom Toilettengang kumma:

„Da unten is grad Ehner weggfahren. Des wär fei a schönerer Platz, da hätt mer Aussicht bis nach Neapel." Frau Sebber hat ihren Fahrer unschuldich angeguckt.

„Und scho stemmer da unten! Is doch ke Problem. Mir ham ja nuch nix ausgepackt."

Sechts, springt nein Auto und fährt zurück. Der Sebber hat sich beeilt, weil net dass ihm noch a Annerer den Platz in der erschten Reihe weggenumma hät. Hinter sich hat er zwä Bäum gsänn und durch die musst er durch.

Hat er gedacht.

Dass da noch a klenner dritter Baam auf Wääch gstanna war um den er hät rumfahr müss, hat er erscht mitkriecht, wie der mit ahm abgsächten Ast oben links ins 8,20 m lange Wohnmobil eigschlagen hat. Des war ke schöns Bild wie der Ast inna überm Bett blöd zum Wohmobil nei- und der Sebber rausgeguckt hat. Die Aufrechung war groß und dem Sebber ah richtich peinlich, weil ruckzuck der ganze Campingplatz zamgeloffen und dem Sebber sei stolze Leistung begutacht hat.

Obber der Sebber wär net der Sebber gewässt, wenn er sich net a stabile starke Klebefolie besorcht und des Loch fachmännisch zugeklebt hätt.

Dass durch den Anstoß der ganze Aufbau verschoben und sogar die Duschwanne gerissen war, hatter sich erscht abends vo Frau Sebber zeich lass.

Wurscht, des Loch war fast nemmer zu sähn, geduscht hat mer sich außerhalb und mit neuem Mut is schließlich bor Dooch später die Reise weiter gen Süden ganga.

Alles war widder gut. Bis unner zwä Weltreisenda schließlich kurz vorm südlichsten Punkt ihrer Reise in ahner klenna Stadt durch an Tunnel ham fahr müss.

Es war Mittagszeit, net viel los, der Sebber war entspannt und hat vor dem Tunnel, der blos 100 m lang war, gewart, bis vo der annern Seiten kenner mehr zu sehn war. Weil für Zwää nebernanner, des hat der italienerfahrene Sebber gleich gsänn, war da ke Platz im Tunnel.

Wie frei war hat der Sebber sein erschten Gang eigeleecht und is in den Tunnel nei gfahrn. Alles war gut. Bis der Sebber genau in der Mitten vom Tunnel war. Dann war nix mehr gut. Vo der annern Seiten is dunkel worn und a italienischer Volldepp-kleinlaster is neigfahrn, hat kurz vorm Sebber sein Spiegel eigeklappt und is bewegungslos steh gebliehm. So sen sa a zeitlang gstanna, bis der Sebber dann doch die Nerven verloren und sich langsam vorwärts getastet hat.

Es hat ah gor net so schlecht ausgschaut, nach rechts war noch Platz hat der Sebber gedacht und sich siegessicher in Bewegung gsetzt. Was der Sebber net bedacht hat: Der Tunnel war halt gewölbt und is ohm enger worn.

Was war des plötzlich für a Kratzen, Schleifen und Scheppern. Dena Sebbern sin schier die Herzen steh gebliehm, obber es gab ke zurück mehr. Irgendwie musst der Sebber ja widder weg vo dera Wend, also Augen und Ohren zu und langsam durch. Bis es an Schlach getan hat und irgendwas mit ahm lauten Krach auf die Straß gfallen is. Der Sebber hat in dem Moment

gedacht, dass vom Wohnmobil die ganze Rückwand auf die Straß gefallen war, so hat des in dem Tunnel gschebbert.

Obber zum Glück is blos die Markise und der rechte Außenspiegel im Tunnel gebliehm. Den Spalt zwischer Rückwand und restlichem 8,20m Wohnmobil hat der Sebber widder mit Klebeband verdeckt und des ganze Auto vorsichtshalber mit Strick und Bänder umwickelt. Dass sich des Wohnmobil langsam in Wohn und Mobil aufgelöst, des hässt, dass sich der Campingaufbau bisle aus der festen Verankerung zum Fiat Ducato gelöst hat, hat der Sebber zu dem Zeitpunkt nuch net mitkriecht.

Ratlos ham sich unner zwää Weltreisenden angschaut.

„Die Südspitzen is unner Ziel. Ich gäb net auf." war schließlich dem Sebber sei letztes Wort.

So hamsa mit flauem Gfühl in der Magengegend die letzten Hunnert Kilometer in Angriff genumma und sen vorsichtich weitergfahren, ham sogar noch den Parkplatz hoch über der Straßen vo Messina erklommen und ah letzte bange Nacht mit herrlicher Aussicht verbracht.

Sichtlich erleichtert sin unner zwä Italiener dann mit ihrm Trümmerhaufen auf die Autobahn und ham die Heimreise angeträten.

Obber was hässt da Autobahn? Die Bezeichnung besserer Feldwääch wär wohl angebrachter für die fast 500 km bis Salerno.

So wars ke Wunner, dass der Sebber bei einsetzender Dunkelheit des Riesenschlachloch erscht gemerkt hat, wies an Schlach (drum hässts Schlachloch) getan und der rechte Vorderreifen platt war. Es war halt so wie so oft: Wenns mal läft, dann läfts…

„Simmer net beim ADAC, sachmal?"

„Ich brauch ken ADAC. Ich net." Sechts, pumpt sein Reifen mit dem Reperaturset auf und hockt sich hinters Steuer.

„Ich gäb net auf, niemals!"

Das der Reifen nemmer genuch Luft ghabt und die Lenkung stark nach rechts gezochen hat, weil die Spur verstellt war, hat den Sebber wenich gstört. Im Gechenteil, sei Kampfgeist is da erscht richtich geweckt worn. Weil etzert is es ja hemmwärts ganga. Also Diesel an, Lenkrad fester als süst in die Händ genumma und weitergfahrn. Dass er irgendwo des hintera Nummernschild verlorn hat, hat kenner gemerkt und es hät ah ken mehr gstört.

Langsam obber tatsächlich ohne weitere Zwischenfäll sin unner zwä Überlebenda schließlich übern Brenner um München rum und auf die Autobahn Richtung Schweinfurt kumma. An der Ausfahrt Schonungen is der Sebber runter gfahren. So musst er zum Deutschhof mit seim Drümmerhaufen wenigstens net durch die ganze Stadt durch.

Was war des für a Erleichterung, wie sa endlich des Schweinfurter Ortsschild passiert ham. Die Ampel in der Mainbercher Straße hat grün gezeicht und der Sebber hat Gas gähm. Schließlich wollt er sich net unnötich aufhalt und vo kem Bekannten gsänn wer.

So is er wohl bisle zu schnell gewässt und beim Rechtsabbiegen hat sich der ganze Aufbau endgültig vo der letzten Schrauben gelöst, is vom Auto gerutscht und auf der Seiten zum Liechen kumma.

„Scheiße, mir wern doch die letzten bor Meter nuch schaffen!" Der Sebber hat sich ah jetzt net beirr lass, Gas gähm und schließlich kurz drauf isser tatsächlich mit dem Restauto und immerhin noch ganzer Frau Sebber am Deutschhof ankomma.

Da ham unner zwä Weltreisenden aufgschnaufft wie der Sebber eigeparkt is und den Diesel ausgemacht hat. Da ham die Gsichter gscheit gstrahlt, wie sa sich überglücklich nei die Arm gfallen sen.

Am Schönsten is es halt doch derhemm.

19. Sebber bankrott

Mit zwää volle Einkaufswäächen fährt der Sebber ausm Elektroladen zu seim Auto.

Er hat halt eefach net widdersteh gekönnt. Was war des alles so billich heut. An Fernseh für 50 Euro, an Rasierer für 20 Euro, an Fön für 2 Euro. Am End hat er sich sogar a Küchenmaschien ausgsucht, obwohl er net ermal a Küchen ghabt hat. Aber bei 15 Euro konnt er net nää sooch. A blue-ray-Player für 12 Euro und a Fotoapparat für 30 Euro ham des Angebot abgerund. Kurz vor der Kassa hat er sich nuch a Waschmaschien für 40 Euro als Reserve aufgeladen.

Dass des alles Ratenpreise auf drei Jahr waren hatn Sebber dabei net gstört. Weil des warn ja alles Anschaffungen fürs Läben, einmalich quasi.

Warum mer sich obber zum Beispiel an Fön, der eh blos 25 € kost in 36 Monatsraten käff soll, des muss kenner versteh.

Wenns so im Prospekt stett, dann werds gemacht und da freecht mer net lang nach Sinn odder Unsinn. Weil des mecht ja jeder so. Und weils jeder so mecht hat er abends am Fernseh noch gleich a Fernreis zum absoluten Schnäppchenpreis gebucht. Des hat unbedingt sei müss, weil es war nämlich die letzt noch verfügbare Reis, hat die Moderatorin freundlich versichert.

Erscht wie dem Sebber am nächsten Tag der 13 Jahr alte BMW verreckt is und er a annersch Auto käff musst, natürlich ah auf Raten für 48 Monat mit größerer Abschlussraten, da is dem Sebber langsam mulmich zu Mut worn.

Obber es hat auch Vieles vereinfacht. Der Sebber hat gewisst, dass er die nächsten 3 Johr nemmer mitm Geldbeutel ausm Haus gemüsst hat. Des Problem: Söll ich oder söll ich net käff, hat sich auf unabsehbarer Zeit erledicht ghabt.

20. Privatpatient

Lang hat ers nausgschoben. Aber irgendwenn hats sei müss. Sei Arzt hat scho lang gsocht, dass ers mach lass soll. So is der Sebber eines Tages nimmer drum rum kumma.

Ins Kreiskrankenhaus hat er sich begähm um sich sein Tumor rausschneid zu lassen. Also da müss mer jetzt net erschreck. Tumor nennt sich ziemlich alles, was sich so unter der Haut bildet. Meist sins ja blos so verhärtete Fettpölsterli. „In ihrem Alter kommt des öfters vor.", hat die Chefärztin bei der Voruntersuchung gsocht.

„Na bravo!", hat sich der Sebber gedacht, nuch ke fufzich und scho ghörst zum alten Eisen.

Dann is der besagte Dooch kumma und der Sebber is frohen Mutes ins Krankenhaus gfahren. Warum er für des klenna Ding extra stationär aufgenumma worn is, versteht ke Mensch, also wenn er net grad Krankenkassenmitarbeiter is.

So hat der Sebber allerlei Formulare ausfüll und unterschreib müss, a Operationsgewand ankriecht und is nein Bett gschickt worn. Und des alles, obwohl er doch bor Stund später wieder ausm Krankenhaus nausmarschier wollt.

Der Sebber war grad quietschvideel in seim Bett gelächng, als a junge hübsche Krankenschwester zur Tür rei kumma is. „So, es geht los. Ich fahr sie jetzt in den OP."

„Äh, ich kann fei a laaf. Mir fehlt nuch nix." Der Sebber is sich scho weng blöd vorkumma wie na des Schwesterla mitsamt dem Bett den langen Gang in Richtung OP gschoben hat. Die Leut ham na alla so mitleidich und neugierich angschaut und am liebsten hät er sich unter der Decken versteckt.

„So, guten Morgen.", hat na die Chefärztin selber begrüßt. Dann hat des Schwesterle des Bett neber einer blitzblanken Metalltheken gfahren, „Des is die sterile Barriere.", hat mer ihm erklärt. Wie die Damen dann den Sebber vom Bett über die Theken in des dahinter stehende Bett heben wollten, is es ihm doch zu blöd worn. „Ich kann des selber, ich bin immer nuch gsund, mir fehlt nuch nix, bis jetzt jedenfalls." Weng unbeholfen is der Sebber is in seim Netzunterhösla und weißen hinten notdürftig zusammengebundenen Kittel über die Metallbarriere in des dahinterliechende Bett geklettert.

Die Ärztin blättert im Sebber seiner Papiere rum. „Sie ham ja gor net unterschrieben. Wieso ham sie net unterschrieben."

Der Sebber hat bei „Chefarztbehandlung" ke Kreuz gemacht ghabt.

„Gell sie kriegen des net bezahlt?"

„Ich wääs net, ich hab ke Ahnung."

„Hmm, was mach mer denn jetzt. Ich weis des auch net. Moment, ich ruf mal in der Verwaltung an.", sechts, lässt den Sebber aufm OP-Tisch liechen, geht zum Telefon und wählt.

„Ich hab hier den Herrn Weinhold aufm Operationstisch liegen. Der hat kei Zusatzversicherung, sacht er. Kriegt der dann die Chefarztbehandlung net bezahlt?"

Nach kurzer Zeit kummt die Frau Doktor zum Sebber zurück. „Sie kriegens net bezahlt. Aber jetzt bin ich schoma da. Jetzt mach ichs ah. Also zeigen Sie mal her. Wo is denn des Ding?"

„Da, des müsserts sei." Der Sebber dreht sich auf die Seiten und langt an die recht Hüften.

Frau Doktor beugt sich nach vorne, tastet und guckt. In dem Moment schiebt die OP-Schwester die Lampen übern Sebber, guckt dabei nach unten, ob sie ah die richtiche Stell beleucht und stösst dabei mit der Lampen an den Chefärztinkopf.

„Auh, na sachen sie mal!"

„Entschuldigung, war ke Absicht."

„Passen sie doch bisle auf. Also gut, fang mer halt an."

Die Schwester lang ihrer Chefin des Messer, also wohl so eine Art Skalpell hie. Die nimmts und nähert sich damit dem Sebber seim Hüftspeck.

Im letzten Moment schrickt sie zurück: „Ich muss doch erscht betäub!"

„Na bravo, des wird wos gähm. Ich bin ja in Lebensgfahr. Hät ich blos Vollnarkose genumma.", denkt sich der Sebber, secht aber nix.

Der Rest is dann schnell erzählt. Die OP is dqnn doch einigermaßen normal verlaufen. Der Sebber is wieder in sei Bett geklettert und ins Krankenzimmer gschoben worn. Nach zwää Stund Beobachtungzeit durft er sei Reizwäsch mit sei normale Klamotten vertausch und hemgeh.

Mer gläbts net, obber er hat tatsächlich überläbbt, ah ohne Unterschrift.

21. Sebber beim Chef

„Sebber, was hast denn da widder für an Scheiß gemacht. Was hast dir denn überhaupt gedacht dabei?"

„Ja nix Chef, ich hab doch blos gsacht, dass eens und eens zwää sen"

„Sebber, des kannst doch gar net wiss, du kennst doch die großen Zusammenhäng gar net. Die kennt doch bloß der Chef. Wie kummst denn überhaupt da drauf sowas zu erzählen?"

„Joo Chef, ich habs geläsen, die schreim sogar, dass zwää und zwää vier sen"

„Sebber, jetzert gehst obber zu weit, du spinnst wohl und meenst, weilst lääs und schreib kannst, wässt du über alles Bescheid. Du hast doch überhaupt ke Ahnung und mischt dich in mei Angelegenheiten ei."

Obber Chef, des stimmt doch, ich wääs sogar, dass drei und drei sechs sen."

„Sebber, jetzt reichts, du bist ja völlig übergschnappt, sowas vo überheblich und eigebild. Es is wohl besser, wennst jetzt dein Mund hälst"

„Obber Chef, wenns doch wohr is. Ich hab sogar ghört, dass vier und vier acht sei söll!"

„Seeebber. Raauuus…"

22. Net so wie's aussieht

Eichentlich (des Wort is völlich überflüssig, entweder es is so, odder es is net so) war der Sebber glücklich verheiert. Bis zu dem Moment jedenfalls.

Bis etzert hat ah nuch ke Philosoph erklär könn, warum grad die Männer in ständicher Gefahr sin. Is es jetzt schlechter Charakter odder is es eefach der über Jahrtausende antrainierte natürliche Instinkt die Art zu erhalten. A höhere Aufgab quasi.

Obber des kömmer heut eh net klär. Also zurück zum Sebber, der eichentlich (wirklich unsinniges Wort, weils des Gesachte gleich widder in Frage stellt) ke schlechter Kerl war.

Dunnerkeil: Kömmer jetzt mal aufhör, uns in Fragen, an dena selbst Fachleut verzweifeln, zu verlieren.

Also zurück zum Sebber: Der war nämlich krank, also richtich krank, so mit Fieber, Kopfschmerzen, Rückenschmerzen, Ohrenschmerzen und so weiter. Mit letzter Kraft hatter sich zum Telefon gschlebbt und sei Kollechin, die im Nachbarort gewohnt war, gebeten, sei Krankmeldung mit nach Schweinfurt zu nemma.

Sichtlich gezeichnet hat der Sebber die Tür aufgemacht. „Wart, ich hol die Krankmeldung. Kumm halt mal rei so lang."

Schließlich hat mer doch weng geplaudert, sich mit Fragen „Wie geht's dir denn? Und: Was is auf der Ärbert los?" aufs Sofa gsetzt. Bei der Frage „Was magst denn trink?" sich net lang mit Kamillentee abgäben, sondern gleich a Gläsla Rotwein eigschenkt.

Schließlich sin sa weng zamgerutscht, ham sich beim dritten Glas tief in die Augen nei gschaut und des Prickeln was süst im Streifenwagen mühsam unterdrückt worn is, hat endgültig die Oberhand gewonna.

Was sollmer nuch lang um den heißen Brei red. Nach der zwätten Flaschen war der Sebber fast geheilt, die natürlichen Hemmungen waren nimmer existent und des junge Ding war im Sebber seiner Arm geläächen.

Nachdem des a anständichs Buch wer soll, kömmer jetzt net näher beschreib, wie sich die Zwää die Klääder vom Leib, also dem Sebber den Schlafanzuch, gerissen ham und übernanner hergfallen sin.

Alles wär vielleicht gut ganga, wenn sich Frau Sebber an dem Tag net ah mit Kopfschmerzen (offensichtlich hat sa der Sebber angsteckt ghabt) krank gemeld und überraschend hem kumma wär. Ganz leis hat sie die Tür aufgemacht, schließlich wollt sie den sterbets kranken Sebber net stör, und gleich verdächtiche Geräusche ausm Wohnzimmer ghört. Erscht hatses net glääb woll, obber des Jauchzen und Stöhna hat schließlich ken Zweifel mehr zugelassen. Die Handlungsunfähigkeit vo Frau Sebber hat net lang anghalten.

„Du Draakhund. Ich habs doch immer gewisst!" Mit der Dienstpistole (die hat sie sich vorher ausm Waffenschrank genomma) war Frau Sebber im Anschlach gstanden und hat abwechselnd aufm Sebber seim nackerten Hintern und dem Luder seim roten Kopf geziehlt.

Da is dem Sebber nix anners eigfallen, wie den Lieblingssatz vo alla ihrm Naturtrieb erlächena Jäger und Sammler zu sagen:

„Schatzi, es is net so wie s aussieht. Tu des Ding weg, bevor nuch was passiert."

„Und des is net des wonach sichs anhört, du Dreckhund!" Und scho is der erschte Schuss in Richtung Sebber sein Hintern ganga. So is der Sebber vo seim Sahnetörtla mit wutverzerrten Gsicht trotz schwerer Krankheit halbnackert ausm Haus gejoocht worn.

Des Leben als Arterhaltender is wirklich nix für Feichlinge. Des könnt ihr glääb.

23. Recht und Unrecht

„Entschuldichung, ich bräucht mal ihr Hilf. Ich wääs nämlich nimmer weiter."

„Probier mers. Fürs Helfen wär ich schließlich bezahlt. Was is denn ihr Problem?"

Der Sebber lehnt sich entspannt zurück. Er is heut der Empangschef im großen Polizeihaus in der Meebercher Strass.

„Ach wissens. Ich hab mein Autoanhänger ahn Bekannten geliehen und der gibt mer na nemmer zurück. Ich hab scho alles probiert. Auf Face-book und seim Festnetz, obber er reagiert gor nemmer. Jetzt muss ich ah nuch die Strafzettel bezahl. Ich wääs gor net wo der wohnt und wie ich den erreich soll. Ich Depp hab dem ah nuch den Fahrzeuchschein gähm."

„Wie heißt denn der Bekannte?" Der Sebber spielt wie beiläufig während des Gsprächs bisle am Computer rum. Er tippt den Namen ei, der ihm genennt wird und der ältere nette Herr erzählt weiter:

„Ach ich bin so blöd. Der Kerl war scho früher a Gauner. Obber ich bin halt zu gutgläubich. Und etzert hab ich die Probleme."

Wie der Bildschirm aufgeht, kriecht sogar der Sebber große Aachen. Vo Betrügereien, Diebstähl und natürlich vo Haftbefehle wächer net bezahlte Strafen is da die Red.

Der Sebber guckt aweng rum, nimmt obber ken Schmierzettel vom dienstlichen Papier, holt sich vo dem Herrn a mitgebrachtes Kuvert und schreibt in unverfänglicher Druckschrift drauf. Schließlich steht er auf, geht zu dem sympathischen Herrn an die Theken und schaut ihm tief in die Aachen.

„Also, hetzert passen Sie mal gut auf wos ich ihnen sooch: Der Datenschutz is ah uns Polizisten ständich auf die Fersen und des wos sie jetzt erfahrn ham sie net vo mir und unner Gspräch hat niemals stattgfunden.

Also ihr Bekannter is ah richticher Drecksack, hat ken Pfennich mehr und haut alla und jeden übers Ohr."

Der Sebber zeicht dem Herrn des Kuvert: „Da steht sei Adress. Jetzt fahrn sie hie und nemma ihrn Anhänger einfach mit ohna lang zu freechen. Da steht die Handynummer vo dem Gauner. Wenns Probleme gibt, könnersa ihn ah anruf und nerv bis er aufgibt."

Dem älteren Herrn wärn die Augen feucht. „Ach Gott. Des is obber jetzt nett. Ich dank Ihnen tausendmal." Sichtlich gerührt verlässt er die Wache. Draußen erzählt er wohl seiner Fraa vo dem netten Polizisten und wie er am Fenster vorbei geht, winken alle zwää überschwenglich zum Sebber nei."

Da is ah dem Sebber warm ums Herz worn und er hat sich richtich gfreut, dass er mal helfen und net immer blos bestraf konnt.

Obber lang hat er sich net freu könn. Zwää Wochen später musst er beim Chef anträt. Der Gauner hat behaupt, dass der Anhänger a Geschenk war, hat a Anzeich wächer Diebstahl gemacht und übern Rechtsanwalt nachforsch lass, wie der ältere Herr die Adress vo ihm rauskriecht hat. Im Polizeicomputer konnt mer leicht nachvollzieh, wer wann in der Akte rumgeblättert hat und so is es dem Sebber an Kraachen ganga.

Schließlich is es dann tatsächlich soweit kumma, dass den Sebber und den Gauner stabile Gitterstäb getrennt ham.

Obber wer war jetzt hinter und wer war vor dena Gitterstäb?

Damit will ich euch net belast und will euch ah net den letzten Glauben an die Gerechtigkeit nämm. Schließlich sollt ihr noch bisle Hoffnung an Recht und Ordnung behalt.

24. Nix mehr hör und nix mehr seh

Nachdenklich get der Sebber den Steig vom Hexenbrünnle nauf nein Wald. Der Kopf is schwer, von baumelnder Seele ke Red, is sa doch fest umklammert vo schwere Gedanken. Händ nei die Hosentaschen geht er ohm angekumma über die Wiesen vom Biergarten tiefer nein Wald.

Da war doch die Reportage im dritten Programm. Thema war die RAF, obwohl die Namen net wert sen, ausgsprochen zu wern, doch vielleicht besser bekannt als „Bader-Meinhof-Terrorgruppen. Erinnerunga an Sebber sei Ausbildung sen kumma. An Flugblätter vo der RAF, wo sa Polizisten als Schweine bezeichnet ham, die rücksichtlos umzubringa sen. Erinnerunga an unzählicha Morde und Entführungen, die mit unvorstellbarer Brutalität ausgeführt worn sen. Wahnsinnicha wollten Leut umbring um die Leut glücklich zu machen.

Der Sebber bleibt stehn. Kaum mehr als 10 m vor na steht a Rehbock. Der Sebber bewecht sich net. Alla zwä gucken sich ah, zu Salzsäulen erstarrt. Der Rehbock mecht ke Anstalten zu flüchten. Des ist mei Wald, geh doch du weiter, denkt er wohl. Nach vielleicht zwää

Minutten get der Sebber langsam weiter. Ah der Bock senkt sein Kopf und frisst weiter.

Eh Nama is in der Reportage genennt worn. Vor laufender Kamera hat der Otto Schily als Rechtsanwalt die RAF verteidicht. Er hat über die Staatsgewalt gschend und vo Polizeistaat gered. Die Eigsperrten ham Pistolen und Munition in ihra Zellen ghabt, mit dena sie nach dem Scheitern der Entführung vom Flugzeuch Landshut Selbstmord beganga ham. Von wem ham sa wohl die Waffen ghabt? Schily stellt ah den Selbstmord in Frach. Er war ehner vo die hartnäckigsten RAF-Sympathisanten.

Später war der Schily Innenminister vo ahm Staat, den sei Wahnsinnichen beseitichen wollten. Er hängt widder sei aalglatte Visage nei die Kamera. Egal wie mer auf sich aufmerksam mecht, egal was für ah Wääch zur Macht führt. Er wird ganga, um jeden Preis. Die Medien spielen mit. Alla vergessen oder schweichen. Die Toten zählen net.

Ah Has hobbelt ausm Gebüsch, bläbt in sicherer Entfernung steh, guckt zum Sebber und springt dann weiter. Der Sebber geht über die Lichtung. Des hohe Gras is vom Räächen der letzten Nacht nuch feucht und dem Sebber sei Hosen werd bis zu die Oberschenkel nass. Er holt tief Luft und saucht die klar Luft ei. Die Natur zeicht ah lebendichs Grün.

Dann war da gestern abend noch die Sendung über sogenannte Gotteskrieger. In Nordafrika und im ganzen Orient bringa Verrückte in militärischen Einheiten wahllos Leut um. Die würden ah den Sebber und sei Familie umbring, wenn sa könnerten. Die täten des schnell und unbarmherzich mach, sie würden des film und stolz der Öffentlichkeit zeich. Schließlich is a Demokratie in ihra Augen Gotteslästerung. Ah Volk kann net selber entscheid und herrsch. Die Macht kann blos vo Gott (Allah) ausgeh. Alle Gotteslästerer müssen zur Abschreckung umgebracht wer. Bilder von Hinrichtungen wern gezeicht. Menschen mit Säcken überm Kopf wern mit Genickschuss ermord. Was für ah wahnsinnicha Welt…

Widder sicht der Sebber ah Reh. Es flücht mit großa Sprüng. Wahrscheinlich is es vom Sebber aufgscheucht worn. Der geht langsam weiter. Bis er auf ehma stehbleibt und guckt. Kaum ah Schrittläng vor na licht ah Rehkitz im Gras. Vorsichtich will er weiterlaaf, überleecht kurz, nimmt sei Handy und mecht ah Foto. Nachdenklich, immer noch die Händ in die Hosentaschen, vo ganz viela Vogelstimma begleit, geht der Sebber weiter. Was für ah schönna Welt…

Schließlich kummt der Sebber widder aufm Hauptwääch im Höllental, geht den zurück und kummt zu die erschten Häuser. Dem Sebber sei Seel wiecht immer nuch schwer. Er sehnt sich nach Ruh, vielleicht nach ahner Umarmung.

Ah Gedanke nimmt Form an. Der Sebber würd sich von dera wahnsinnichen Welt verabschied, die verrückten Menschen meid. Vielleicht wie der Diogenes in ahner Mülltonne lääb, zurückgezochen. Ke Bilder vo charakterlose Wendehäls, ke Nachricht vo mordende Wahnsinnicha.

Dem Sebber sei Entschluss steht fest, er würd des Haus nie mehr verlass.

Der Sebber mecht die Haustür auf. Frau Sebber kommt ihm entgecher. „Mir sen eigeladen. Die Fischers wollen, dass mir heut Abend nüber gehn. Die Franks kumma ah."

„Ach schöö, ich hol schoma ah guta Flascha Wein ausm Keller."

25. Vo Schwertfisch und annera Leut

Wie der Sebber den Zeller Berch naufgfahren is, hat er ohm am Waldspielplatz anghalten und kurze Pinkelpause gemacht.

Wie er so breitbeinich dagstanden is, war direkt vor ihm a Schild gstanden. Ungläubich hat der Sebber gelääsen:

Bei der Jagd nach dem gemeinen Steicherwälder ist der Fang eines Pärchens ein seltenes Glück. Dabei muss versucht wer, zuerscht des größere Weibchen zu erlegen, weil des treue Männla hält sich dann weiterhin in der Nähe des getroffenen Weibchens auf und wird zur leichten Beute. Im umgekehrten Fall sucht des Weibchen schnell des Weite…..

Schnell is der Sebber widder nein Auto gstiegen, hat den Motor angschmissen und is eilich davo gebraust.

Kenner wääs, wer sich den Spass gemacht hat, die Anleitung zur Schwertfischjagd umzuschreim und naufm Oberschleicher Waldspielplatz zu hänga und obs da net vielleicht doch Parallelen zwischer Schwertfisch im Mittelmeer und dem gemeinen Steicherwälder gibt.

26. Södda Draacksäu

Der Sebber hat Frau Sebber eingepackt, is in Urlaub gfahren und auf Sylt geland.

So ham sa gleich in Westerland a Unterkunft gfunna und sich bor schönna Tag gemacht. Der Sebber hat sich scho ausgekennt und seim Herzblatt alles gezeicht. Die Südspitze bei stürmischen Wetter umwandert, an der Nordspitze, also dem Ellbogen bei ruhichem beschaulichem Wetter gsessen, Seehünd direkt vor der Nasen im Meer beobacht, des farbenfrohe Morsumkliff umwandert, in der Sansibar Riesling und Muscheln genossen, in der Kupferkanne Kaffee aus eigener Rösterei gschlürft und beim Gosch Fisch, Fisch und noma Fisch gässen.

Sogar ins Watt hat er sei Mädle gelockt, bis zu die Waden sin sa im Schlamm versunken. Wie es den Schlick durch die Zehen gedrückt hat is Frau Sebber vom erschten eckligen Iiih, nach kurzer Zeit zum wohlwollenden Ooohh und am Schluss sogar zum genussvollen Aaah kumma. Zurück am Wääch ums Kliff ham dann alle Leut die dreckerten Füß vo unner zwä Helden beäugt. Der Sebber hat sich an Spaß draus gemacht und zu die erstaunten Leut gsocht, dass der Wääch da hinten ziemlich dreggert werd.

Obber ens hat der Sebber noch net gekennt und des hat na scho immer gereizt: A Strandsauna…

Also hat er sei Sahneschnittla überred und sie ham sich aufm Wääch gemacht. Zu Fuß, also Rucksack gschultert und am Strand sen sa in Richtung Süden marschiert. Der Wäääch war ganz schö lang, bestimmt 4 Kilometer sinsa im weichen Sand geloffen.

Alla zwää ham sich gfreut. Ins Meer sin sa jo gern, trotz 21 Grad Kält. Wennst mal drin bist geht's scho, hat der Sebber immer gsocht. Als alter Saunagänger hat er sich des natürlich besonders gut vorgstellt. Nachm Schwitzen nein Meer. Des wird bestimmt schö.

Hat sich der Sebber an Iglu am Strand als Sauna vorgestellt, is er nach ahner Stund bisle enttäuscht gewässt. A Bretterverhau is aufgetaucht. A bor Strandkörb und eh Duschen hats gähm. Handtücher und Decken hätten extra gekost. Mit dem Hinweis: „Kein Schweiß aufs Holz!" sen sa nachdem der Sebber bezahlt hat neigelassen worn.

Die Sauna war gut besucht, wie üblich worn die Leut teilweis gelääng oder gsässen und es war nimmer viel Platz. Also ham sich unner Zwää a Plätzle gsucht, mit

Blickrichtung aufs Meer hie gsetzt und aufs Schwitzen gewart.

Vo Zeit zu Zeit hat der Sebber sein Schatzi verstohlen angschaut und vergähms Begeisterung in ihrm Gsicht gsucht. Obber die Miene vo der Fraa für die er zum Frühstück immer frische Brötli besorcht hat, is immer finsterer worn. Sogar der Sebber hat gemerkt, dass bei ihr ke Stimmung aufkumma is.

„Gfällts dir net?", hat er vorsichtich gfreecht.

„Schau dich doch mal um…", hat sie ihm ganz leis ins Ohr gflüstert.

Erscht jetzt hat der Sebber angfangen, die anderen Besucher mal bisle genauer zu mustern. „Oooh" is ihm raus gerutscht. Und des überraschte oooh is net ins genussvolle aaah übergangen. Im Gegenteil!

Die Leut außenrum worn scho weng annersch als normale Saunabesucher. Der ältere Moo links vom Sebber war aufm Rücken geläng, die Bee weit auseinanner hat er sei untere normalerweise verdeckte Körperöffnung derart ordinär feil geboten, dass dem Sebber fast schlecht worn is. Des hat den Moo aber net davo abghalten nach kurzer Zeit aufzustehen und dem Sebber freundlich anzulächeln. „Des is ja richtich schö heut.", hat er den Sebber angstrahlt, als ob er sei bester Kumpel wär.

Dem Sebber is immer mehr bewusst worn, dass die meisten Saunabesucher wohl vom nahen FKK-Strand kommen sin, jedenfalls hat er sich des net annersch erklär könn. In unmöglich schamloser Art sin Gschechtsteile und des Außenrum präsentiert worn. Seitlich liegend, ihm den Hintern in unverschämter Haltung entgecher gstreckt, odder aufm Rücken, Bee weit ausernanner. Ehner hat sogar stierhoden ähnlicha unsauber scheinende Monster auf die Bänk gelecht. Obber des war anscheind alles net so schlimm, hauptsach ke Schweiß aufs Holz…

Dem Sebber is es vergangen. „Woll mer naus?"

Des war a nachdenklicher Sprung nein Meer und enttäuschter Rückwääch. Ham sich jetzt alle Voruteile über FKK-ler bestätigt? Die große Frage is wieder aufgetaucht. Sin mir verklemmt odder die Annern exhibitionistisch versaut ?

Es is ja net so, dass Herr und Frau Sebber net scho öfters Saunen besucht hätten. Obber die Leut ham sich immer irgendwie annersch benumma. Zurückhaltend, weng schaamered, nackert zwar, obber net anstößich.

Beim Kuscheln abends dann hat der Sebber sein Schatzi vorsichtich in Arm genommen, nackert zwar, aber normal halt.

Obwohl: Was is heitzudooch scho normal?

27. Zweitgößter Depp....

„Ohje, ich fahr heut widder an Scheiß zam."

„Nee, du fährst eichentlich ganz gut. Ich glääb, ich fahr a net besser."

„Naja, komisch is scho. Immer wenn du nähmdro sitzt, stell ich mich saublöd an."

„Vielleicht lichts ja an mir. Vielleicht mach ich dich nervös. Weil mei Tochter behaupt des Gleiche. Vielleicht bin ich ja a Depp aufm Beifahrersitz."

„Ach naja, ich wääs net. Des dürfert mir eichentlich nix ausmach. Ich war ja lang genuch mit am Deppen verheiert."

„Ach so. Ich bin also scho der zwätt Depp in deim Lähm. Na bravo."

„Näh, so war des net gemehnt. Der Anner war a viel größerer Depp."

„Ach! Des freut mich jetzt obber. Es gibt also noch an Größern. Ich bin also blos der zweitgrößt Depp auf dera Welt. Da kann ich ja beruhicht sei."

„Näh, des hab ich doch gor net gemehnt."

„Obber gsocht hastes."

„Näh hab ich net."

„Freilich hasta. Blos weilst net zugäb willst, dassd ke Auto fahr kannst."

„Ich kann Auto fahr. Blos wenn du nähmdro sitzt net."

„Näh, du kannst ehm ke Auto fahr. A Wunner, dass mir überhaupt noch lähm, wo du so an Scheiß zamfährst."

„Sixt, jetzt zeichst es. Du bist ehm doch a Depp."

„Obber blos der Zweitgrößt! Des möchte ich beton…"

28. Vom Sinn des Lebens

Freudig is der Sebber durch die Partnachklamm, den langen Wääch des Rheintal hoch und dann steil berchnauf zur Knorrhütten in Richtung Zugspitzen geloffen. Ja fast gerennt is er, so schö wars.

Frau Sebber hat na zwä Tag frei gähm. „Obber schau blos, dassd am Samstag widder derhemm bist. Die Kartoffel ghören raus!", hat sie ihm noch nachgerufen, wie er ausm Hof naus gfahren is.

Es is scho a rechter Kampf, wemmer sich mal ausm Alltag lös und an großen Wunsch erfüll will. Vo alla Seiten wird ehm da a schlechts Gewissen eigered.

Aber des hat der Sebber hinter sich gelassen, tief Luft gholt, den Rucksack gschultert und sich im Wettersteingebirch auf die Suche nach dem wahren Sinn des Lebens gemacht.

Auf der Knorrhütten hat er kurz Pause gemacht und a Weissbier getrunken. Seit ihm ehner gsacht hat, dass Weissbier a isotonisches Getränk is, hat er auf Wasser ganz verzicht und unterwegs nur noch isotonisch getrunken.

An der Sonn-Alpin wars dann vorbei mit lustig. Da gings in ahm fürchterlichen Geröllfeld nach oben. Eh Schritt vor, zwää zurück. Auf alle Vier is der Sebber hoch gekrochen. Danach waren die letzten 200 Höhenmeter angsacht. . Der Sebber hat sich an die Drahtseile hochgezogen, is über Schnee und Eis gerutscht, hat aufm kurzen Grat vorm Gipfel net rechts und links gschaut und is tatsächlich über die Eisentreppen sicher auf der Zugspitzen geland. Da war er dann doch froh, weil so ganz Höhenfest is er ja net, unner Sebber. Richtich stolz war er, wie er zurückgschaut hat. „Lackmer am Orsch!", hat er sich gedacht, „Da muss ich ja ah wieder nunter!"

A Stück hinter ihm sin zwä junge Mädli ankommen. Unter die Helme ham die blonden Haar rausgeguckt. „Mensch," hat sich der Sebber gedacht, „Mal zwä Mädli, die net blos aufs Kloh mitnanner gehen."

„Da bin ich ja froh, da hat mir ja nix passier könn. Ihr hät mich doch sicher gerett!" Der Sebber is halt a leutseeliger Kerl und find sofort und überall Kontakt. Die zwä junga Dinger ham na gleich angelächelt und später, wie er in die Gaststubn nei kumma is, sogar gfrecht, ob er sich net zu ihnen setz möcht.

Was war des für a schöner Abend. Der Sebber is total aufgeblüht, hat dena jungen Dinger Mau-Mau beigebracht und fränkische Mundart gelernt. Was ham alle gelacht. Vor allen Dingen, wie er ihnen die fränkische Abkürzung für: Was ist denn?, gsacht hat. Auf Fränkisch hässt des nämlich „sn". Mer muss aber unbedingt den Kopf dabei ruckartig nach oben bewech, also ein nach oben gerichtetes Nicken quasi, damit die Bedeutung richtig verstanden wird.

Wie die Mädli erzählt ham, dass sie am nächsten Tag den Jubiläumsgrat zur Alpspitzen gehen war der Sebber scho weng enttäuscht. Er hat sich den gemeinsamen Abstieg scho in alle Farben ausgemalt ghabt.

„Oder du gehst mit uns?", hat die Eh plötzlich gfrecht.

„Ja, aber ich hab doch ka Ausrüstung. Ich mehn, schaff tät ich des scho. Die acht Stund sin für mich ka Problem."

„Also Helm und Gschirr kriegst bestimmt da heroben. Wo is des Problem?" Mit großen Augen und Schmollmund hat na die Eh dabei angschaut.

A viertel Stund später war der Sebber in voller Montour da gstanden. Der Jubiläumsgrat war ganz nah und die Kartoffelernte in weiter Ferne. Was solls, hat sich der Sebber gedacht.

So sin sie los marschiert. Vorne und hinten a Blondine und der Sebber mittendrin, immer schö am Seil. So is a halbe Stund über Stock und Stein ganga. Gor net schlimm, ganz ohne Klettersteig, mit schöner Aussicht auf relativ breitem Gipfelwääch.

Wenn der Wääch schmäler worn is, hat der Sebber sich voll auf sei Vorderfrau konzentriert, an ganz engen Stellen den Blick nimmer vo ihrm Hintern gelassen und sich damit abgelenkt, hat quasi des Nützliche mit dem Angenehmen verbunden.

„Ach du Scheiße! Was is denn des?" Dem Sebber is des Herz stehen geblieben. Vielleicht 30 cm breit, bestimmt 8 Meter lang, rechts und links fast senkrecht nachunten.

„Komm, des is gar net so schlimm.", und scho war die Vorderfrau drüben.

Der Sebber war wie erstarrt dagstanden.

„Jetzt komm, wir müssen weiter! Dann rutsch halt auf den Knien rüber!" So ham sie noch a zeitlang diskutiert, dem Sebber erklärt, dass er allee zurück müsst und ihn schließlich so weit gebracht, dass er sich auf alle Vier langsam und zittrich aufm Wääch gemacht hat. Genau ehn Meter weit is er kumma, dann war Schluss. Egal wie er sein Kopf gedreht hat, auf ehner Seiten hat er immer senkrecht nach unten geguckt. Sei Zittern war so heftig, dass der ganze Berg gewackelt hat. Da war ke vor und ke zurück mehr.

„Ich muss sterb, oh mein Gott, hilf mir, mei arma Kinner." So und ähnlich hat der Sebber unfreiwillg sei Begleiterinnen unterhalten.

„Du hast Kinner?" Die zwä Mädli ham sich angschaut.

Der Rest is schnell erzählt. Der Rettungshubschrauber hat den Sebber am Haken genommen, in sicheres Gelände flogen, notversorgt und schließlich sogar mit ins Tal genommen.

Dort is es dem Sebber dann schnell wieder besser gangen, so mit festen Boden unter die Füß. So gut is es ihm gangen, dass er noch am selben Tag hemm fahr und am Samstag pünklich sei Kartoffel hat ernt könn.

Sei Bedarf nach Abenteuer war jedenfalls erscht mal gedeckt. Von da an hat er sich mit derhemm sähen und ernten als Sinn des Lebens zufrieden gähm.

29. Sebber gecher Windmühlen

„Ja, lagmer am Orsch! Wos is denn des etzert?"

Der Sebber war im Bademantel in der Sauna-Wellnesslandschaft vom Silvana in Schweifurt gstanna, hat sei Handtuch gschultert und an Ruheplatz nach dem Saunagang mit Euchaliptusaufguss gsucht.

Obber im Ruheraum wars wie am Strand vo Rimini. Alla Liechen waren beleecht. Net dass da jetzt überall Leut mit Bademäntel, Handtücher und selbergstrickta Socken geläächen wären. Näh, Leut warn blos a bor da. Die meisten Liechen waren blos mit Bademäntel, Handtücher und selberstrickta Socken besetzt. Auf mancha waren Zeitschriften, Brillen und auf ehner sogar a Brotzeitbox gelächen. Mancha Leut waren anscheinend derhem aus- und langfristich im Silvana eigezochen.

Langsam sin im Sebber Erinnerunga a seim letzten Mallorcaurlaub hochkomma, wo die besten Liechen scho früh um Viera reserviert worn sen. Em Sebber sei Aufgussbedingts rotes Gsicht hat sich dunkelrot verfärbt, sei Puls is gstiechen und ruheraumuntypischer Schweißausbruch hat sich bemerkbar gemacht.

„Ich gläb die spinna. Jetzert langts mer." Plötzlich und ergiebich hat sich dem Sebber sei Ärcher im Ruheraum Luft gemacht. Ruhich isser vo ehm Stuhl zum annern ganga, hat Handtücher, Bademäntel, Stricksocken und sonstigs Zeuch zamgepackt und fein säuberlich aufm Boden gelecht.

Wos war des für a Streiterei wie die Leut zu ihrer selbsternannten Privatliechen kumma sen. Wos war des für a Schenderei und angepöbel. Obber der Sebber hat ke Ruh gähm. Die nächsten Wochen hat er sein privaten Kampf gecher uneinsichticha Liechenreservierer gführt und Stühl vo Handtücher, Bademäntel und Stricksocken frei geräumt. Wos war des für ah Kampf. Ahgerempelt is er worn, ausm Ruheraum nausgedrängt, ehmal durch die Glastür gschmissen und ah annermal sogar draußen über die Mauer geworfen worn. Da hats net blos blaua Flecken beim Sebber gähm.

Obber der Sebber hat net aufgähm. Schließlich war er ja im Recht gewässt. Des Aufsichtspersonal war hinterm Sebber gstanna und eindeuticha Warntafeln angebracht. Die letzten hartnäckicha Handtuchlecher sen dann vo Zivilfahnder und verdeckte, also nackerta Polizeiermittler zur Vernunft gebracht worn.

Der Sebber hat gewunna. Obber er hat Blut geleckt ghabt. Als nächstes wollt er sich die Müllwegschmeißer in der Stadt und die Gaffer auf der Autobahn vornämm.

Des hat er sich fest vorgenumma, für den Fall, dass er irchendwenn mal wieder ausm Krankenhaus kumma wär.

30. Verschunkelt

„Wenn ich ehns net mooch, dann is es fei schunkeln!"

Dem Sebber sei Tischnachbarin is gar net so hässlich, zumindest is es a Fraa. Weil mit ahm Moo schunkel is net sei Ding.

Mit ungutem Gfühl is er scho in die Büttensitzung vo die elf weißen Hasen in Haßferd. Lustich auf Bestellung. So wie sei Kumpel, der blos für die Faschingszeit lebt und sich dann so richtich austobt. Näh, so is er gar net. Des ganze Jahr austob und in der Faschingszeit net ausm Haus geh. Des trifft wohl eher auf na zu. Aber sei Freund hat na ke Ruh gelassen.

Also hat er sei Tischnachbarin so wie oben beschriem begrüßt, net grad freundlich.

„Ich moochs ah net, da kann i sie beruhich."

Die Blick ham sich getroffen. Alle zwäh ham gegrinnst dabei. Sie warn sich einich.

Der Platz heuer war wirklich blöd. Net blos um 90 Grad hat mer den Kopf dreh müss wemmer was hat seh wöll. Näh, mer war in der äußeren Reiha mitm Rückn nach Innen gsässen. Die Bühne war also hinter m Sebber ganz weit vorn. Des hält doch ke Genick aus. So war er unter lauter Faschingsnarren ghockt, bisle gelangweilt und hat meist die Wänd ageguckt. Bei die guten Beidräch hat er sich umgedreht falsch rum aufm Stuhl ghockt und in Gang gerutscht. Des war dann zwar für ihn besser, obber net für die Leut hinter ihm. Denna war dann nämlich die Sicht nach vorn ganz versperrt.

„Na Gottseidank kömmer widder mal schunkel!", lacht er sei Nachbarin ah, wie s widder mal los geht. Sie lacht zurück. Scheints wars bei ihr genauso langweilich wie nähmdro.

Irgendwie hat die Fraa was, hat er sich gedacht. So ahn leichten Arm, so ahn anmutigen Hüftschwung, so a angenehme Schulter, so a dezentes Parfüm. Und wenn ich sie anschau. Es is fast so als ob mir scho immer miternanner gschunkelt hätten.

So konnten alle zwää die Schunklerei am End scho gor nemmer erwart. Ach was is der Fasching schö, was lernt mer da für netta Leut kenn! Am End wollten sie ihr Arm gor nimmer los lass. So als hätten sie sich scho ewich gekennt, scho ewich aufernanner gewart. Da hatten sich zwää Faschingsmuffel gfunna, mitten in dera Büttensitzung. Da sixt amal. Mer braucht net immer Internet dazu.

Es hat wohl net bis zum nächsten Fasching gedauert bis sich die Zwää widder getroffen ham. Näh, net viel später ham sie s ohne schunkeln nimmer ausghalten, warn sie a Paar.

Ob sie Faschingsmuffel bebliehm sin? Ich wääs es net. Wahrscheinlich scho. Weil Fasching is scho net so eefach. Entweder es is langweilich, oder es is gfährlich, saumäßig gfährlich. Derzwischer gibt's da net viel.

31. Sebber, wo er hiekhört

Zuerscht war der Sebber scho wäng skeptisch: A Hund mussts sei, für die Kinner natürlich. Mer hat ja süst nix zu dunn. Die acht Stund auf der Ärbert reichen nuch net. Vom Haus und Hof, vom Garten gor net zu reden. Nää, mer war scheints net ausgelast.

Wie der klee Kerl dann da war ises natürlich so kumm gemüsst hat: Die Kinner ham mitm Hund schnell ausgspielt ghabt und die Ärbert is am Sebber hänga gebliehm. Obber wenn der Ewald, der Vierbeiner is gleich als fränkisches Familienmitglied mit ahm richtichen Namen bedacht worn, mit seina großen treuen Augen gschaut hat und dabei des ehna Ohr auf Halbmast ghängt war, näh, da is ah dem Sebber des Herz weich worn und er hat sich gern um den Kerl gekümmert.

Jetzt wars halt a ganz glenner, eigentlich net a mal a richtiger Hund, mehr die Größ vo ahner Katz hatter ghabt. Apropo Katz, grad mit denna Viecher hat mer aufbass müss. Net dass dem Ewald nuch was passiert wär.

Ja, es war halt ke Hund, der auf Haus, Hof und Sebber aufgepasst hat, näh, wohl eher umgekehrt. Im Haus und im Hof hat der Sebber auf na aufgepasst.

Vo anfängliche Spaziergäng ermuticht, hat der Sebber den Ewald dann doch mal mit zum Wandern genumma. Nach Zell im Steigerwald sin sa gfahrn und voller Begeisterung den Schlangewääch hochgeloffen. Wos hat der Hund sich gfreut, hat soo viel zu schnüffeln und zu renna khabt. Vor und zurück, die Streck is er bestimmt zwää- oder gor dreimal gerennt.

Nach ahner Stund is der Ewald scho langsamer worn, hat sich immer öfter nach seim Herrla umgedreht, is schließlich steh gebliehm und hat den Sebber mit seiner großen treuen Augen angschaut..

Der Sebber hats glei gemerkt, dass da wos a bedenkliche Entwicklung annimmt, hat den Ewald gstreichelt, Pause gemacht und Essen und Trinken ausm Rucksack mitm geteilt. Wie s dann weitergangen is, hat der Ewald sich hiegleecht und wollt gor nemmer hoch. Alles zureden hat nix genützt. Schließlich is dem Sebber nix mehr annersch übrich gebliehm und er hat den armen Kerl getragen. So ham ses mit Müh und Not bis zum End vom Schlangenwääch gschafft.

Obber dann sin dem Sebber die Arm dann immer länger worn.

Den Wääch zurück nach Zell hät er soo nimmer gschaft. Also hat er den Abzweich nach Neuschleichi genumma und dort gleich am ersten Haus geklingelt.

„Nää, mei Moo is net da und ich hab ke Auto. Obber im Schuppen hammer an Schubkarren. Vielleicht hilft der ja weiter:"

Da is der Ewald widder munter worn. Stolz hat er sein Kopf aus der Schubkarren gstreckt und sich den Rückwääch aus neuer Perspektive angeguckt. „Aha", hat er sich gedacht, „so is ah net schlecht."

Der Sebber hat gschaut, dass er schnellst möglich und auf einsamen Pfaden zurück zum Auto kumma is. Aweng blöd vorkomma is er sich scho dabei.

Und wie war des mitm Sebber seiner Prinzipien? Also die wu da hässen: Der Hund bleibt aufm Fußboden, kricht nix vom Tisch und schläft in seim Korb….

Ah da hat der Sebber schnell Abstriche mach müss. Abends, vorm Fernseh: Wie treu und lieb hat der Hund geguckt, wenn er, nachdem er fünfmal vom Sofa nuntergschmissen worn is, schließlich erhobenen

Hauptes näbern Sebber aufm Sofa ghockt wor. Wie hat er die warm Plüschdecken und die kraulenden Finger vom Herrla genossen. Es hät blos nuch gfählt, dass der Hund die Fernbedienung genumma und des Abendprogramm ausgsucht hät.

Beim Essen wär der Sebber ja scho konsequent gebliehm. Wenns um die Nahrungsaufnahme get, könna Männer ja so richtich fies und egoistisch sei. Obber da hat ihm dann Frau Sebber an Strich durch die Hundeerziehung gemacht.

Erscht unbemerkt, dann immer offensichtlicher, is a Stückla Wurscht unterm Tisch nunter gfallen. Am End war der Ewald ah beim Abendessen der erscht, der wo aufm Stuhl näber der Hausherrin gsessen war.

Und nachm Abendessen und Fernseh?? Hät mer da des Familienmitglied nein dunkeln Keller steck könn? Näh, ins Schlafzimmer musst er scho mit nei. Des Gejaule hinter verschlossener Tür hat Frau Sebber net ertragen. Unbemerkt vom schnarchenden Sebber is der Ewald ins Schlafzimmer gelassen worn. Mit seim Platz aufm Bettvorlecher war der Hund obber ah net lang zufrieden gewässt. Jedenfalls war der Ewaldl früh immer im Bett auf die Bee vo Frau Sebber aufgewacht.

Schließlich is der Ewald scho abends wie selbstverständlich ins Bett nei khüpft und hat unter der Decken Unterschlupf gsucht. Vom Sebber erscht unbemerkt, schließlich resigniert akzepiert hat er sich immer Breiter gemacht, sich mit dem Platz unten bei die Füß nimmer begnücht und schließlich im Gräbele in der Bettmitte sei festes Nachtlager gfunna.

Zuletzt, wie der Ewald dicker und des Gräbele zu eng worn is, hat er sich quer geleecht und dem Hausherrn immer unverschämter die Pfoten ins endgültig resignierend abgewendete Kreuz gedrückt.

Bis der Sebber schließlich eines Nachts vo erstaunlich kräftiche Tritt, mer wääs heut nimmer, ob sa vom Ewald oder vo Frau Sebber kumma sen, ausm Bett befördert worn is.

Zum Glück is er auf weichen Schaffell geland und hat dort a angenehma Bleibe auf Dauer gfunna. Endlich war er da ankomma, wo er hieghört hat.

32. Treffpunkt

„Sie kommt! Sie kommt!"

Freudigs Winken. Leuchtende Gsichter. Sie fährt strahlend auf den gewohnten Platz. Stellt den Motor ab, steigt aus. Strahlend stehn sie sich gegenüber. Tiefer Blick, feste Umarmung.

„Gemmer ah Stück!" Es is scho mehr a Aufforderung, als a Frach. Des muss so sei. Schließlich hat mer sich jetzt a zeitlang net gsänn und muss sich erscht widder weng an ernanner gewöhn. Weil heut is Treffpunkt.

Net auf Wolke 7 zwar, aber in Zell, aufm Schlossberch halt. Dort is ah net schlechter. Is ja schließlich der schönst Platz im Landreis Haßberch. Für den Ehna oder Annern zumindest.

Wie scho oft in a Nieschen des Auto nei gfohrn. Bisle zu weit vielleicht, desmal zumindest. Es hat nämlich die letzten Dooch durchgeräängt. Was war des für a Matsch am Schlossberch. Die ganzen Weinberch sin scho bisle tiefer gerutscht.

Aus vorsichtichem Händchenhalten is schließlich a festa Umarmung worn. Also eilich zum Auto zurück, die

Klääder vom Leib gerissen und übernanner hergfallen, dass der ganze Schlossberch gebebt hat.

Noch bisle gered, verabschied, sich a letztes Mal umarmt. Motor gstart, Rückwärtsgang eigelecht. Aber sie hät vielleicht doch net so weit nei fahr soll. Die Räder ham sich in Schlamm nei gewühlt. Des war dann gleich klor, dass des nix mehr werd. Da hat alles Gasgähm und Schieben nix gholfen.

Die Ratlosichkeit war blos kurz. „Bin gleich widder da." So is er den Hohlwääch ins Dorf gerennt, hat sei Auto gholt und die Freundin rausgezoong. Gottseidank warn die Zeller an dem Dooch bei dem Wetter alle vor ihrm Fernseh ghockt und ham Dschungelcamp geglotzt. So sin unner Zwää, was kenner gedacht hät, widder unerkannt gebliehm.

Beim nächsten Mal hat der Sebber an Eemer Schotter dabei ghabt. So hadder des Plätzle bisle wetterfest gemacht ohne dass es groß aufgfallen is. Bisle Stee in die Natur, des mecht doch jeder, wo es an Sinn hat.

Drei Wochen später, es war a scheiß Sommer, hat er widder gleich gewunken. „Fahr net so weit nei. Es rängt scho die ganz Nacht."

Aber wie ham sie gstaunt. Ihr Plätzle war auf eh mal „besesticht". Richtiche Pflasterstee, so alte S-Stee warn dort geläng. Da hat sich ehner richtich Müh gähm. Wie mit der Wasserwaach war der Platz angelecht. Sogar bor Äst warn ausgschnitten, wächer der Aussicht, die war jetzertla sogar noch besser.

Da ham sich unner Zwää gfreut, net lang drüber nachgedacht und des Plätzla richtich genossen.

Wochen später war dann die erste Überraschung da. Der Platz war beleecht, zugeparkt. Über den Grund hat mer sich net lang Gedanken mach müss. Über die Kopfstützen vo dem Störenfried war sauber ausgebreit weiße Unterwäsch ghängt.

Wie Schuppen is es ihna vo die Augen gfallen. Der Sauhund hat den Platz also für sich so hergericht.

So gings dann nuch lang dahi. Manchmal war beleecht, manchmal ham se Glück ghabt. Was war des schö da oben. Aber es ham halt immer mehr mitkriecht.

Sogar die Gemee hat schließlich mit eigegriffen und Mülleimer aufgstellt. Die eindeutigen Abfallutensilien wollt mer net da ohm rumliech lass.

Da wollt ah der Siedlerverein net hinten ansteh. A Sitzgruppen is gspenntet worn. Scheints warn ah die Siedler vorher scho da ohm aktiv gewässt.

So hat sich des immer mehr rumgsprochen. Schließlich hat ehner vo die Zeller Winzer, ah ganz Gschäftstüchticher halt, des großa Gschäft gewiddert und hat aufm Schlossberch a Weinlokal mit Übernachtungsmöglichkeit gebaut. Und, ihr wärts net glähm, des Ding war des ganze Jahr ausgebucht. Wenicher zum Wein trinken, als zum Übernachten.

Aber wie s halt immer so is. Wenns jeder kennt, und jeder hie get, dann werds irgend wenn amal uninteressant. Der besondere Reiz war halt weg. Am Schluss war dann kaum mehr was los aufm Schlossberch. Die Eintönigkeit is in Zell widder eingekehrt, die Leut sin widder faul worn, nimmer ausm Haus und ah neua Staffel Dschungelcamp hat ihr Übriges getan.

So is der Bau widder verfallen. Reste der Ruine kannst heut noch aufm Schlossberch besichtich.

33. Des Leiden wird schlimmer

Also des Lehm is ja scho schwierich, aber des Sterbm is noch viel schwiericher. Ihr werds verstehn, wenn ihr erfahrt, wie übel des Schicksal dem Sebber mitspielt hat:

Als es ihm wieder mal so richtich schlecht gangen is, also ganz ganz arch schlecht meen ich, is er genauso wie der Romanheld vom Goethe an den Punkt kumma, wo er nimmer weiter lääb, also wo er seim jämmerlichen Dasein a End hat setz woll.

Mer wääs gor net, warum es soweit kumma is: Vielleicht weil der Sebber widder mal Liebeskummer ghabt hat, vielleicht weil sa na auf der Ärbert geärchert ham, vielleicht aber a blos, weil Ober ah weil er Heidi Klemm und Dieter Bohlen im Fernseher nimmer ertragen hat. Jedenfalls hat er ke Lust mehr auf den ganzen Scheiß ghabt.

Voller Tatendrang hat er des Abschleppseil vo seim Auto genumma und is nein Wald gerennt. Aber da ham dann scho die Probleme angfanga. Die Bäum waren alle zu hoch. Bei denna großen Eichen ham die Äst erscht in ahner Höh vo mindestens 5 Meter angfanga. Und die

Buchen waren ah net viel besser. Bei die Fichten sin die Äst bis aufm Boden ghängt. Des war dann ah wieder nix.

Endlich hat er a dann doch an Baam gfunna, net so groß, net so hoch. Also Abschleppseil um den Hals gebunden, den Rest über die Schulter ghängt und des dünna Bäumle hochgeklettert. In zwää Meter höh hat er des Seil um an Ast gebunden und sich in die Tiefe gstürzt.

Aber sei Fall is blos kurz gebremst worn, dann hats an Schlach getan, der Sebber is aufm Boden geland und hat vo dem abgebrochena Baam noch ehna aufm Döötz kricht.

A traurigs Bild wars, wie der Sebber mit dem Seil umen Hals hem geloffen is. So a Selbstmörder hats scho net leicht, hat er sich gedacht. Aktive Sterbehilfe war zu der Zeit nuch ke Thema gewässt.

Am nächsten Tag hat er mit neuem Elan an neuen Entschluss gfasst, hat sei Auto genumma und is auf der Autobahn in Richtung Rhön gfahren. Wie endlich a gscheite Brücken kumma is, is der Sebber rechts ran gfahren, ausgstiegen und zurück auf Brücken gerennt. Mittlerweil wars dunkel und der Sebber is heldenhaft kurzentschlossen ins Finstere ghüpft. Tief is er gfallen. Wie er dann in der Saale geland is, hats na fast die Hosen ausgezoong. Was der Sebber net bedacht hat, war nämlich die Tatsach, dass Autobahnbrücken net blos Täler und Schluchten überwinden, sondern manchmal a Bächli oder sogar richticha Flüss.

Jetzt wars aber scho Oktober und des Wasser war recht kalt. Wie wild hat der Sebber gerudert und gschaut dass er Land gewinnt. Tropfnass, vo Gstrüpp beim Hochklettern zerkratzt und fix und fertig is er im Morgengrauen zu seim Auto kumma und völlig depremiert hem gfahren.

A Wochen war der Sebber erkält im Bett geläng bis er widder so gsund war, dass er sich mit neuem Mut zu am neuen Versuch aufraff konnt. Desmal is er auf Nummer sicher ganga und hat sich bei Schonungen auf die Geleise gelecht. Schö mit dem Nacken, den Kopf überstreckt, hat er gewart. Und er hat gewart und gewart.

Was der Sebber nämlich net gewisst hat war, dass die Lockführergewerkschaft an dem Tag zum Streik aufgerufen hat und lange Zeit ke Zug kumma is. So is über a Stund vergangen. Dem Sebber sei Genick hat scho gscheit weh getan und schließlich is ah noch a rechter Hunger dazu kumma.

Wie der immer stärker worn is, is der Sebber scho wäng ärgerlich worn. „Des hält doch ke Mensch aus. Mit der scheiß Bahn." Schließlich is er wütend aufgsprunga, nach Schweinfurt zum Mc Dings gfahren und hat sich gleich amal zwää Big-Mac neigedreht bis ihm schlecht worn is. Vielleicht hät er ja noch an Dritten äss soll, vielleicht wär er ja dadurch vo seim Leiden erlöst worn.

So kanns net weitergeh, hat sich der Sebber gschworn, is naufm Dachboden und hat die Kisten aufgemacht, wo der Opa sei Sammlung ausm zwädden Weltkriech aufghoben hat. Den alten Armeerevolver und a ganze Packung Patrona hat er freudich eigsteckt und is naus auf die Terrassen gerennt, weil er wollt ja im Haus ke Sauerei hinterlass.

So hat er sich im Gartenstuhl nei gsetzt und sich die Mündung an Kopf ghalten. Aber natürlich war des Ding scho wäng eigerost und der Abzug hat sich dem Sebber und seiner Finger entgecherstemmt. Also hat der Sebber des Ding vom Kopf weggenomma und mal genauer angschaut. Mit zwä Händ hat er gedrückt und gewürcht.

Auf eh mal hat sich mit am lauten Knall a Schuss gelöst. Wie vor über 70 Jahr ist die Patrona ausm Lauf gfahren um Unheil anzurichten. Aber net wie geplant dem Sebber vom Gartenstuhl, näh, die Angorakatz vom Nachbar hats vo der Gartenmauer gfeecht. Der Treffer war so weidmännisch, dass des Edelviech gleich alle sieben Lähm auf eh mal ausghaucht hat.

„Scheiße", hat sich der Sebber gedacht, „der Nachbar bringt mi um, wenn er des sicht. Und dann ah nuch der Ärcher mit dem Tierschutzverein. Die machen mir des Lehm doch zur Höll."

Schnell hat er sei Köfferle gebackt, is zum Flughafen gfahren und hat den nächsten Fliecher nach Südamerika genommen.

Vielleicht kammer ja da in Ruhe sterb, hat er sich gedacht.

34. Sebber ganz allee

Schließlich war der Sebber wieder ganz allee und ohna feste Beziehung in seiner Wohnung im 5. Stock in Buenos Aires ghockt . Obber schlecht is es ihm dabei gor net zu mut gewässt dabei. Näh, im Gechenteil, richtich wohl hatter sich gfühlt, sei Fernbedienung hat ihm kenner streitich gemacht und vom Sofa hat na ah kenner mehr aufgetriehm um unter ihm zu putzen.

Die eh Beziehung war gottseidank ohna Rechtsanwält und Polizei zu end ganga und die Nächst nuch net in Sicht gewässt. So hat er sei Sofa, sei Bier und sei Ruh genossen und den Herrgott an guten Moo sei lass.

Es war a heißer Sommer, damals. Widdermal hats an neuen Hitzerekord gähm. Die 40 Grad warn überschritten und auf der Straß hast ke Leut mehr gsänn.

Ach was is des schö auf dera Welt, hat sich der Sebber gedacht. Sogar die Schnaken und Wöbsen ham na in Ruh gelassen und sen fort gebliehm. Der Wäch zum Sebber aufm 5. Stock war sogar dem Ungeziefer zu beschwerlich.

So hat der Sebber bis zum End vom Sommer sei Ruh ghabt und ihm wär scho fast weng einsam ums Herz gewässt, wenn sich net eines Tages a gemeine Stubenfliege durch die offene Balkontür zum Sebber verirrt hät. Scheints hat sa durch die erschten kalten Nächt zuflucht im Sebber seiner unterbelechten Wohnung gsucht.

Der Sebber hats mit Humor genumma. So allee is halt auf Dauer ah nix, hat er sich gedacht. Und so ah Fliechen tut ja net weh. Sie sticht net und mecht ah kenn Dreck.

Die zwä ham sich gut vertragen. Die Fliechen hat genuch Krümel und Reste für ihrn Lebensunterhalt ghabt und der Sebber jemand mit dem er red konnt und der net widersprochen hat. Ja, unner Sebber is scho weng seltsam gewässt, zu dera Zeit.

So war alles gut und es wär wohl den ganzen Winter über so weiter ganga, wenn die Fliechen net eines Tages an entscheidenden Fehler gmacht hät. Sie hat sich ins Schlafzimmer gschlichen und sich aufm schnarchenden Sebber seiner Nasen gsetzt. Erscht noch zärtlich vertrieben, nach immer unverschämtera Annährungen seitens des Brummers obber immer energischer, wild wedelnd hat der Sebber versucht dem Viech Manieren beizubringa.

Wie net annersch zu erwarten hat obber alles nix genützt, des Viech is immer frecher und der Sebber immer wütender worn. Es war halt wie so oft in ahner Zweierbeziehung. Ehner hat schließlich die Anfangshemmungen abgelecht, is immer mehr Chef worn und hat vom Partner, in dem Fall vom Sebber seiner Nasen, Besitz ergriffen. Gut, an die Fernbedienung hat sich die Fliechen net rangetraut, obber sei Schlaf war dem Sebber noch mehr heilich, so dass schließlich ke Aussicht mehr auf ah friedliches Nebernanner bestanden hat. Die Möglichkeit sich durch die offene Balkontür im gegenseitigen Einvernehmen zu verabschieden hat die Fliechen ah net wahrgenomma, schließlich war des ja mittlerweile ah ihr Wohnung und der Sebber hät genausogut auszieh könn, hat sa sich wohl gedacht.

Mittlerweil hat der Sebber ke Aug mehr zugemacht und nur noch drauf gewart, wo sich des Biest als nächstes hiesetzt. Schließlich is er hellwach gewässt, aufgsprunga und hat sein Zimmergenossen durch die Wohnung gejacht. Immer widder hat die Fliechen a Pause gemacht, sich irgendwo hiegsetzt und der Sebber sich langsam angepirscht. Obber der Brummer hat den Sebber mittlerweil ehfach zu gut gekennt, gewart bis er langsam ausgholt, sich sei flache Hand nähert und is im letzt Moment doch entwischt.

So gings fast ah ganza Wochen lang. Es war ehfach ke Auskumma mehr und ke gütliche Einichung in Sicht. Die Methoden sin immer rauher worn. Die Fliechen hat sich immer heimtükischer genähert, vo hinten, vo ohm im Sturzfluch und der Sebber hat immer neuere und größere Fliechenfanggeräte agschleppt. Bis er schließlich eines Tages mitten in der Nacht mit ahm Marmeladenbrot vor sich und in jeder Händ a große Muckenpatschen regungslos am Tisch gsessen war.

Da hat dem Mitbewohner dann doch sei letzts Stündla gschlagen ghabt. Sicherheitshalber nochmal im Zewa zerdrückt, mit der Klohspülung endgültig aus der Singlewohnung entfernt und des End der Zweierbeziehung war besiedelt.

Ob der Sebber danach jemals widder jemand bei sich aufgenumma hat??

Ke Ahnung. Obber wahrscheinlich scho. Im Bezuch auf Beziehungen sin die Leut ja unbelehrbar.

Zu guter letzt:

Was wird aus unserem Sebber? Wird sich seine Spur wirklich in Südamerika verlieren?

Kann der gemeine Franke wirklich auf Dauer im Ausland überleben?

Oder zieht es auch den Sebber, so wie jeden anständigen Franken eines Tages zurück in seine Heimat?

Wir dürfen gespannt sein. Die Hoffnung stirbt auch in Franken zuletzt.